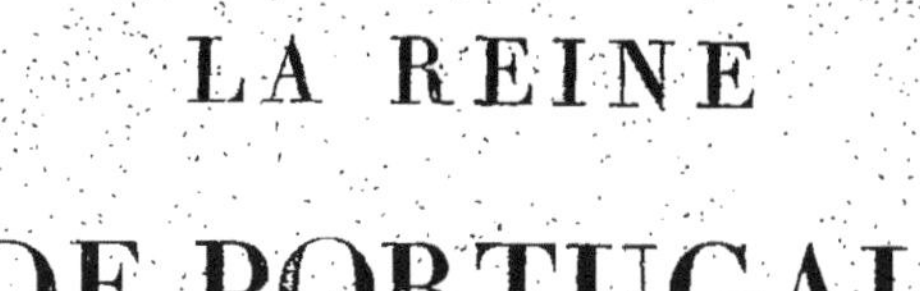

LA REINE DE PORTUGAL,

TRAGÉDIE EN CINQ ACTES.

PAR M. FIRMIN DIDOT.

A PARIS,

CHEZ BARBA, libraire, Palais-Royal, N° 51;
BOSSANGE PÈRE, libraire, rue de Richelieu, N° 60;
LADVOCAT, libr., Palais-Royal, galerie de bois, N° 195.

1823.

LA REINE

DE PORTUGAL,

TRAGÉDIE.

Se trouve aussi, à Paris, chez

BARBA, libraire, Palais-Royal, N° 51;
BOSSANGE PÈRE, libraire, rue de Richelieu, N° 50;
LADVOCAT, libraire, Palais-Royal, galerie de bois, N° 195.

Aux mêmes adresses.

POÉSIES DE M. FIRMIN DIDOT.

Un vol. in-12, de 400 pages, contenant: 1° *Annibal*, tragédie en trois actes; 2° Quelques pièces de la composition de l'auteur, ou traduites de Tyrtée, d'Anacréon, de Bion et de Moschus; 3° La Traduction des Bucoliques de Virgile avec le texte et des notes; 4° La Traduction des seize premières Idylles de Théocrite avec des notes.

LA REINE DE PORTUGAL,

TRAGÉDIE EN CINQ ACTES,

PAR M. FIRMIN DIDOT,

REPRÉSENTÉE POUR LA PREMIERE FOIS SUR LE SECOND THÉATRE FRANÇAIS, LE 20 OCTOBRE 1823.

PARIS.
DE LA TYPOGRAPHIE DE L'AUTEUR,
RUE JACOB, N° 24.

1824.

PRÉFACE.

Un grand poète, qui mérite bien d'être étudié dans sa propre langue, Camoens, s'exprime ainsi au sujet d'Inès, dans un bel épisode des Lusiades, chant III, stance 118 :

> Misera e mesquinha
> Que despois de ser morta, foi rainha ;

Infortunée, qui ne fut reine qu'après sa mort. C'est en lisant ce passage que je me suis écrié involontairement : « La Motte n'a pas traité tout son sujet ! » En effet, le sujet des amours de Don Pèdre et d'Inès, tel qu'il est donné par l'histoire, offre deux parties : 1° l'intérêt maternel d'Inès, et le pardon qu'elle obtient en se jetant avec ses enfants aux pieds du roi ; 2° le fait extraordinaire produit par le désespoir et la vengeance de Don Pèdre.

Ce sujet ne serait peut-être pas arrivé jusqu'à nous, sans les deux circonstances qui le complètent. La Motte en a traité la première partie ; j'y ai attaché moins d'importance, parce que, dans la construction de ma pièce, elle n'était qu'un moyen pour me conduire à la seconde qui était nouvelle. J'ai pensé que ce n'était pas remplir toutes les conditions de l'art dans la composition d'un sujet, que d'en éluder les difficultés; qu'il fallait l'envisager sans crainte dans son entier, et le traiter à ses périls : dessein peut-être assez hardi pour moi, qui, ne connaissant presque rien du théâtre anglais et du théâtre allemand, ne me lasse point de relire et d'étudier sans cesse le sévère Boileau, l'excellent Horace, le divin Racine, et surtout Virgile, ces modèles éternels de la poésie, mais qui sont moins distingués par leur audace que par la pureté continue du goût et du style.

Cependant je n'aurais peut-être jamais osé faire asseoir Don Pèdre sur le trône que ce prince avait ordonné d'élever pour lui-même à côté de celui d'Inès, si je n'eusse écouté les conseils d'un de ces hommes aussi remarquables par leur talent et leur instruction que par la générosité de leur caractère (1), ame noble et rare, où l'envie ne pénétra jamais.

Le style de cette tragédie est moins élevé que celui de ma tragédie d'*Annibal*; mais j'ai cru, je l'avoue, en abaissant à dessein le style, prouver au public ce respect profond que doi-

(1) L'auteur d'Agamemnon.

vent avoir pour lui tous les auteurs. Il verra, puisqu'il semble adopter une nouvelle division en deux Genres, imaginée, je crois, par madame de Staël, que le sujet touchant de *La Reine de Portugal* n'appartient qu'au genre Romantique, tandis que le sujet sévère d'*Annibal* appartenait au genre Classique.

Il faut parler maintenant de ce que je dois à la tragédie de La Motte. Quoique l'idée heureuse de donner au fils du roi une belle-mère qui lui destine sa fille, tandis que le jeune prince est épris d'un autre amour, appartienne à Corneille, dans une pièce qui d'ailleurs a peu de rapport avec le sujet d'Inès, j'avoue que je suis plutôt redevable de cette imitation à La Motte qu'à l'auteur de *Théodore*, pièce médiocre sans doute, mais très-remarquable par sa médiocrité même, puisque le grand Corneille la composa dans toute la vigueur de son âge et de son génie, après avoir donné au public la *Mort de Pompée*, et lorsqu'il se préparait à lui donner *Rodogune*. Je dois encore à La Motte deux scènes; celle où Inès engage Don Pèdre à se soumettre à l'autorité du roi, et une autre plus courte encore, indiquée par un seul vers, où Constance prie Alphonse de pardonner à Inès. Le fond des autres scènes qui peuvent se ressembler dans nos deux tragédies appartient à tous ceux qui voudront traiter le sujet d'Inès de Castro : je veux dire, la scène de la révolte de Don Pèdre, qui força son père, quelque absolu et quelque impérieux que fût Alphonse, à chasser de la cour Alvarès et les autres assassins de la malheureuse Inès : celle où Inès attendrit le roi en lui présentant ses enfants, scène qui se trouve même dans Camoens; et la scène nécessaire entre Alphonse et Don Pèdre, une des plus remarquables de l'ouvrage de La Motte, mais qui, dans le mien, tire quelque dignité et son intérêt principal de la gravité historique. Et cependant, malgré ces trois scènes importantes, dont le fond m'appartenait plus, j'ose le dire, qu'à tous ceux qui jusqu'à présent ont traité le sujet d'Inès, cependant le premier et le second actes, la moitié du quatrième, et le cinquième tout entier, n'offrent aucune ressemblance avec la pièce de La Motte.

J'avais l'intention de donner des notes et un précis historique au sujet de ma tragédie; mais ce travail semblait n'avoir d'autre but que celui de prouver que mon ouvrage était entièrement fondé sur l'histoire de Portugal : en effet, les personnes qui l'auront étudiée pourront penser qu'il n'y a peut-être point de pièce où l'histoire et les mœurs soient suivies avec plus de fidélité que dans cette tragédie ; et c'est le jugement qu'en ont porté deux hommes également recommandables par leur loyauté et l'amour de leur pays, M. de Souza, illustre et généreux éditeur de Camoens, ainsi que M. de Marialva, ravi par un sort funeste à ses hautes fonctions et aux lettres, tous les deux ambassadeurs de Portugal en France.

LA REINE DE PORTUGAL,

TRAGÉDIE.

PERSONNAGES. ACTEURS.

PERSONNAGES.	ACTEURS.
ALPHONSE, roi de Portugal.	M. LAFARGUE.
BLANCHE, épouse d'Alphonse, et belle-mère de Don Pèdre.	Mlle GROS.
DON PÈDRE, fils d'Alphonse.	M. DAVID.
CONSTANCE, fille de Blanche.	Mlle FALCOZ.
INÈS, dame d'honneur de Constance.	Mlle DUPONT.
CASTRO, connétable, frère d'Inès.	M. DELAUNAY.
ALVARÈS, sénéchal.	M. AUGUSTE.
MARIE, dame attachée à Inès.	Mlle ALEX. PERROUD.

PERSONNAGES FIGURANTS.

ESTÉVAN.
LOPEZ.
Grands Seigneurs.
Prélats.
Guerriers.
Peuple.

La scène est à Lisbonne, au palais du Roi.

LA REINE DE PORTUGAL,

TRAGÉDIE.

ACTE PREMIER.

SCÈNE PREMIÈRE.

Il est encore nuit; on voit quelques guirlandes suspendues.

INÈS.

Je crois la voir encore! ô nuit pleine d'horreur!
Fuyons ma triste couche où règne la terreur,
Où, dans un songe affreux, m'apparaît une reine
Qui, respirant toujours la vengeance et la haine,
Tantôt sombre, tantôt les regards menaçants,
D'un invincible effroi fait frissonner mes sens.

Elle aperçoit des guirlandes.

Mais que vois-je? quelle est, hélas, ma destinée?
Cher prince! il s'accomplit, ton fatal hyménée;
Tout me le dit, ces fleurs, ces festons suspendus:
Inès, qui fut à toi, ne t'appartiendra plus!

Ton cœur, qui me promit une amour éternelle,
A long-temps combattu pour me rester fidèle:
Mais combien de raisons s'unissent contre moi!
L'intérêt de l'État, la volonté du roi,
La reine ta marâtre; et Constance sa fille,
Espoir du Portugal, noble sang de Castille,
Qui, comptant deux saints rois au rang de ses aïeux,
T'offre une ame si pure, et d'un ange des cieux
A les vertus, la grace et les modestes charmes:
Moi, qu'ai-je en ma faveur? mon amour et mes larmes.
Hélas! si je te perds, je n'ai plus qu'à mourir,
Don Pèdre! A tes regards Constance va s'offrir,
Belle, ivre de bonheur; moi, lorsqu'à cette fête
Le feu des diamants brillera sur sa tête,
J'aurai de la douleur le sombre vêtement.
Malheureuse!

SCÈNE II.

INÈS, MARIE.

MARIE.

Ah! rentrez: pourquoi, dans ce moment,
Fuir vos enfants chéris qui demandent leur mère?

INÈS.

Parle plus bas; je dois m'entourer de mystère.
On peut nous observer, la nuit même, en ces lieux:
Il est tant d'ennemis!

MARIE.

Rien ne s'offre à mes yeux.
Mais, craignons des méchants la surprise imprévue;
Allez vers vos enfants.

INÈS.

Je ne le puis; leur vue
Semble encor redoubler ma peine et mon effroi.

Elle s'approche de l'appartement où sont ses enfants.

Mon jeune Alphonse, enfant si plein de grace; et toi,
Charme des yeux d'un père, ô tendre Éléonore,
Dormez, mes chers enfants, dormez jusqu'à l'aurore!

Elle revient vers Marie.

Pour la première fois Lisbonne à tes regards
Hier, avant la nuit, a montré ses remparts;
Un grand spectacle ici se dispose, ô Marie.
Ces tissus éclatants, leur riche draperie,
Séparent de ce lieu la salle du Conseil;
Mais quand, aux jours marqués pour un grand appareil,
Le rideau s'élevant en fait voir la structure,
Ces voûtes, unissant leur noble architecture,
Offrent d'un seul vaisseau la vaste profondeur.
Tu peux de ces apprêts observer la splendeur;
Regarde.

MARIE.

Quels objets! Je vois sur une table
Un sceptre, un glaive; à droite, un autel vénérable,
Un voile.

INÈS, à part.

Ah! tout est prêt pour son hymen nouveau.

MARIE.

Un trône sous un dais.

INÈS regardant avec effroi.

J'y crois voir mon tombeau.

MARIE.

Ciel!

INÈS.

Qu'un noir vêtement sied bien à ma misère!
Tes mains dans le cercueil ont déposé ma mère:
Tu m'apportas sa lettre et ses derniers adieux;
Peut-être, ici, bientôt tu fermeras mes yeux.

MARIE.

Quel projet formez-vous? et que voulez-vous dire?

INÈS.

Et ne faudra-t-il pas, réponds-moi, que j'expire
Alors que j'entendrai Don Pèdre pour jamais
Jurer à cet autel d'abandonner Inès?
Si cette pompe, hélas, avait pu se suspendre;
Si je pouvais du moins ou le voir ou l'entendre!...
Mais d'affreux ennemis toujours, de toutes parts,
Viennent m'environner de leurs cruels regards:
Mes lettres avec art surprises par la reine,
Ont encore éclairé sa vigilante haine;
Et l'Infant, loin de nous, subjugué par le roi,
N'ayant point vu d'écrit qui lui parle de moi,

Aura pu croire enfin, trompé par l'apparence,
Que je vois cet hymen avec indifférence;
Nul billet de sa main pour moi n'est plus tracé.

MARIE.

La reine aura surpris.....

INÈS.

Mon bonheur est passé.
Triste effet de l'absence! En vain de la Castille
Pour l'unir à l'Infant Blanche appela sa fille;
En vain sa politique obtint même un traité
Par le roi, l'Aragon, la Castille arrêté;
Le prince résistait aux volontés d'un père.
Quand soudain, respirant le carnage et la guerre,
Orgueilleux d'avoir su, dans ses premiers exploits,
Défendre Gibraltar assiégé par trois rois,
Le fils d'Alboacem de l'Afrique s'élance,
Contre nous de Grenade appelle la vengeance,
Nous surprend, et bientôt vainqueur de toutes parts
Voit, dans l'Algarve en feu, succomber nos remparts.
Le Portugal trembla. Que pouvait le courage
D'un roi chargé du faix et des maux et de l'âge?
Il fallut que son fils s'arrachât de mes bras :
Il a revu Constance en courant aux combats;
Le roi promit alors qu'aux fêtes d'hyménée
Constance avec l'Infant marcherait couronnée.
L'Africain est détruit; ce trône est prêt; l'Infant
Vers la fille des rois arrive triomphant;

Un héros des succès goûte aisément l'ivresse:
Et la guerre et la gloire éteignent la tendresse.

MARIE.

L'Infant vous oublier! Jugez mieux de son cœur.
Sans doute il se souvient des jours pleins de bonheur
Où l'heureuse Coïmbre en ses douces retraites
Cachait ce prince aimable et vos amours secrètes,
Où vos fils adorés...... Mais ils sont près de vous;
Se peut-il qu'à leur grace, à leur aspect si doux,
A leur charme innocent le roi ne s'attendrisse?

INÈS.

Alphonse....! ah, tu veux donc m'envoyer au supplice!
Songe qu'en ce lieu même il dicta cette loi:
« Celle dont l'art perfide aura surpris la foi
« Du prince dont le front doit porter la couronne,
« Mourra sur l'échafaud, si le roi ne pardonne. »
Lui seul peut pardonner : l'espoir m'est-il permis?
Quel sera son courroux, si quelques ennemis
Surprennent un secret que l'univers ignore,
Et que pour toi, Marie, un voile couvre encore!

MARIE.

Pourquoi, dans ce péril, ordonner le retour
De ces faibles enfants, si chers à votre amour?
Grand Dieu! si j'avais su qu'ils exposaient leur mère...!

INÈS.

Je voulais de ma main les offrir à leur père:
Nous saurons l'attendrir, s'ils peuvent le revoir.

Mais il m'oublie, hélas! Je languis sans espoir,
Loin des murs où Coïmbre en paix m'avait cachée,
Sous un titre d'honneur à Constance attachée,
Moi, qui du Portugal.... Écoute, et connais-moi.
Ces enfants, que je veux confier à ta foi,
Ont droit après ma mort à la publique estime.
Inès est de Don Pèdre épouse légitime.

MARIE.

L'épouse de Don Pèdre! O Dieu, vois son danger;
Dieu, contre tant d'honneur daigne la protéger!

INÈS.

Chers enfans, puisse au moins Blanche ne pas connaître..!

MARIE.

Cachez vos pleurs, on vient.

INÈS.

C'est Don Pèdre peut-être:
Approchons. C'est la reine, et l'injuste Alvarès!
Veille sur mes enfants.

SCÈNE III.

BLANCHE, INÈS, ALVARÈS.

BLANCHE.

Qui vous retarde, Inès?
Je le vois; vous pleurez la perte d'une mère:
Je conçois et j'excuse une douleur sincère.

Ma fille vous attend. Quoique cet heureux jour
Ne dût l'entretenir que de joie et d'amour,
Votre peine a touché Constance qui vous aime.
Le jour paraît : allez, Inès, que par vous-même
D'ornements précieux son front soit revêtu,
Comme il l'est de pudeur, de grace et de vertu.

INÈS, s'en allant.

Hélas!

SCÈNE IV.

BLANCHE, ALVARÈS.

BLANCHE.

Enfin le ciel ne nous est plus contraire,
L'Infant est dans Lisbonne; il cède aux vœux d'un père.
Plus de crainte. Il arrive, il devance le jour,
Jeune et fier, libre enfin des soins d'un autre amour,
Et ce vainqueur, hâtant le plus noble hyménée,
Vient conduire à l'autel Constance couronnée.
Elle va donc régner, je triomphe : oui, le roi,
Quand son fils à ma fille aura donné sa foi,
Aux yeux des grands, du peuple assemblé dans Lisbonne,
Sur le front de l'Infant va poser sa couronne.
Oh, que je descendrai du trône avec plaisir,
Constance! t'y placer était mon seul desir.
Et toi, de ta maison l'espérance fatale,
Inès, toi, de ma fille odieuse rivale,

Qui, pour tenir l'Infant sous tes lois arrêté,
Montras plus d'artifice encor que de beauté,
A ta conquête enfin donne moins d'importance;
Le prince avant d'aimer n'avait pas vu Constance.
Applaudis-toi pourtant, tu sors d'un grand danger;
Respire : je n'ai pas besoin de me venger.

ALVARÈS.

Il l'eût fallu. Je dois, reine, parler sans feindre;
Puisque Inès voit le jour, elle est encore à craindre.
Coupable envers le trône, elle devait périr.
Le prince, absent alors, n'eût pu la secourir.
La loi même vengeait notre commune offense.
Je n'ai point oublié que, si votre puissance
N'eût rompu des projets tramés dans cette cour,
La haine des Castro m'eût perdu sans retour.
Enfin par vous encor si d'un mot condamnée.....

BLANCHE.

Si je la redoutais, l'aurions-nous épargnée?
J'aurais pu craindre ailleurs ses perfides attraits,
J'ai voulu, sous mes yeux, l'attacher au palais.
Mais à présent sa mort, j'ai su le reconnaître,
Est un meurtre inutile, et dangereux peut-être.
Tout me sourit; sa mère, à qui seule en sa cour
Alphonse offrit jadis un cœur ivre d'amour,
Et qui n'usa, dit-on, de l'art heureux de plaire
Que pour calmer ce fils révolté contre un père,
Isabelle est enfin descendue au cercueil.

Inès est dans mes mains. Pour venger mon orgueil,
Alvarès, maintenant j'ai besoin qu'elle vive.
L'Infant, croyez aux soins d'une mère attentive,
Ne songe qu'à l'hymen qui comble mon espoir,
Qu'au trône où près de lui Constance va s'asseoir:
Constance est à présent le seul objet qu'il aime.

ALVARÈS.

Ne s'aveugle-t-on point? et le prince lui-même
Ne peut-il feindre?

BLANCHE.

Qui? l'Infant, dissimuler!
Des cœurs comme le sien ne savent rien celer.
Je veux qu'à cette pompe Inès par sa présence....

ALVARÈS.

Elle, aux yeux de l'Infant! elle, auprès de Constance!
N'auriez-vous pas dû voir aujourd'hui sans regrets
Qu'un deuil, obscur témoin de la douleur d'Inès,
Rappelant à son cœur une perte fatale,
De votre auguste fille écartât la rivale?

BLANCHE.

Non, non: j'ai trop souffert, trop dévoré de pleurs,
Alvarès; il est temps de venger mes douleurs,
D'abaisser son orgueil, de jouir de ses larmes.

ALVARÈS.

Long-temps le prince.....

BLANCHE.

Inès pour lui n'a plus de charmes.

ALVARÈS.

Un seul de ses regards peut sur vous l'emporter.

BLANCHE.

Un seul de mes regards saura l'épouvanter.
Toujours auprès de moi, toujours près de Constance
Je retiens sa rivale, et, grace à ma prudence,
Elle n'a pu sur lui reprendre son pouvoir.
Mes regards enivrés bientôt pourront le voir,
Des États assemblés prévenant le suffrage,
De ses vœux à ma fille offrir un libre hommage.
Tant d'éclat, tant de gloire, aisément vont bannir
D'un amour passager le faible souvenir.
Quand l'Infant sera prêt, pour la fête ordonnée
Faites entrer le peuple, et hâtons l'hyménée.

ALVARÈS.

Castro vient.

SCÈNE V.

BLANCHE, CASTRO.

CASTRO.

Vous savez, ô reine, nos douleurs;
Souffrez qu'Inès et moi nous confondions nos pleurs,
Quand un funeste sort nous prive d'une mère.

BLANCHE.

Laissez-la de sa peine un moment se distraire;
Après le saint hymen que l'on va célébrer,

Avec vous à loisir elle pourra pleurer.
Oui, son devoir l'appelle à la pompe sacrée.
La douleur l'accablait quand je l'ai rencontrée;
Et j'ai près de Constance envoyé votre sœur :
Ma fille généreuse, oubliant son bonheur,
Console maintenant la sœur qui vous est chère.

CASTRO.

Ma sœur! eh, qui peut mieux la consoler qu'un frère?
Qu'en un si grand malheur je la voie un instant;
Un important secret......

BLANCHE.

Ce secret important,
Je le sais. Ce n'est point la perte d'une mère
Qui touche en ce moment et la sœur et le frère,
Non : elle, c'est l'amour; vous, c'est l'ambition.
Une vertu des cours est la discrétion,
Songez-y bien. Un mot ferait tomber sa tête.

La reine sort.

CASTRO *seul.*

Sur toi, ma sœur, hélas! quel orage s'apprête?
Par Don Pèdre lui seul il peut être écarté.
Mais, quoi! Je crains qu'un prince ardent, fier, emporté,
Ne vienne, prodiguant la menace et l'offense,
D'une reine cruelle irriter la vengeance,
Qu'il n'ose.... C'est lui-même.

SCÈNE VI.

DON PÈDRE, CASTRO.

DON PÈDRE.

Enfin je veux la voir.
Ma chère Inès de moi n'a donc pu recevoir
Un message, un seul mot! Peut-être elle soupçonne
Qu'épris d'un autre amour Don Pèdre l'abandonne.
Ah! si tu peux nourrir une pareille erreur,
Inès, de ton amant tu méconnais le cœur!
Mais les ordres du roi, la beauté de Constance,
Des traités, le malheur d'une trop longue absence,
Et la reine abusant d'un odieux pouvoir,
Tout peut au cœur d'Inès porter le désespoir:
Il faut que dans l'instant ma bouche la rassure.

CASTRO.

Réprimez ce transport, ah, je vous en conjure:
Vous connaissez la reine et son cœur inhumain;
La reine tient Inès sous sa puissante main,
Et d'un hymen formé par son fatal génie,
Prince, avec vous déja croit voir Constance unie.
Blanche, Alphonse, Constance, et le peuple, et la cour,
Pensent que cet hymen s'accomplit en ce jour.

DON PÈDRE.

La cour, le peuple en parle! eh bien, moi, je l'ignore.

Je quitterais Inès, l'épouse que j'adore!
Qui donc les a flattés de ce coupable espoir?
L'abandonner! mon père a-t-il pu concevoir
Que Don Pèdre à l'autel voudrait guider Constance?
Ils m'ont parlé d'hymen, de traités, d'alliance:
Mais mon cœur à leurs vœux ne s'est jamais soumis;
Je n'ai pu rien promettre, et je n'ai rien promis.
Sans doute en mes discours j'ai mis quelque prudence,
Lorsque allant du royaume embrasser la défense,
Et m'éloignant d'Inès, je vis, non sans effroi,
Quel otage chéri j'abandonnais au roi,
A la reine surtout, qui capable d'un crime....

CASTRO.

De son ambition vous êtes la victime,
Prince; l'autel est prêt, votre hymen arrêté;
Ce concours, cet éclat, cette solennité
Ne vont point célébrer les exploits de la guerre;
C'est au pied de l'autel que vous attend un père;
La reine sur vos vœux a su tromper le roi,
Et l'on veut avec art surprendre votre foi:
Votre prochain triomphe est celui de la reine.

DON PÈDRE.

Ainsi Blanche, Alvarès, pour former cette chaîne,
Ont mis plus d'artifice, et des soins plus secrets,
Que s'ils avaient ourdi contre moi, contre Inès,
Des complots, que leurs cœurs ont médités peut-être.
Bientôt ils vont tous deux apprendre à me connaître.

CASTRO.

Songez-vous aux périls?

DON PÈDRE.

Crois-tu donc que l'effroi,
Castro, puisse arrêter un prince tel que moi?
Faut-il à des traités que, dans son vain délire,
Blanche, sans mon aveu, par trois rois fit souscrire,
Immoler ton bonheur, Inès, et notre amour
Plus cher que n'est pour moi la lumière du jour?
Ah! que l'on cherche ailleurs un trône pour Constance.
J'estime ses vertus, j'honore sa naissance,
J'admire sa beauté, mais l'objet de mon choix,
Celle que je chéris, celle pour qui cent fois
J'exposerais ma vie et perdrais la couronne,
Ne doit ici, Castro, fléchir devant personne.
Allons.

CASTRO.

Qu'espérez-vous de ce fougueux transport?

DON PÈDRE.

La rendre à mon amour.

CASTRO.

C'est assurer sa mort.

DON PÈDRE.

Sa mort!

CASTRO.

Blanche elle-même à l'instant me l'annonce.
Que les vertus d'Inès, son respect pour Alphonse,

Son tendre amour pour vous...

DON PÈDRE.

Un tel forfait, ô ciel!

CASTRO.

Je crains tout.

DON PÈDRE.

Tu pourrais percer d'un fer cruel....!
Blanche!... pour garantir une tête si chère,
Ma main t'irait frapper dans les bras de mon père.
S'il fallait la venger...! En vain, dans ta terreur,
Tu croirais au tombeau fuir ma juste fureur;
J'irais, brisant des morts l'asyle solitaire,
De ton cadavre impie épouvanter la terre.

CASTRO, l'arrêtant.

Confiez à mes soins le salut de ma sœur.
Je saurai prévenir un horrible malheur.
Oui : dès que s'avançant vers la pompe sacrée
Blanche de cette enceinte aura franchi l'entrée,
Les armes à la main, je lui veux arracher
Inès qu'à cette fête on contraint de marcher :
Je la rends à Don Pèdre.

DON PÈDRE.

Inès suivrait Constance!

CASTRO.

Blanche l'a résolu. Mais le peuple s'avance,
Prince; modérez-vous : songez qu'un vain éclat

Expose Inès, ses jours, votre gloire et l'État.
Rentrez; vous verrez mieux ce qu'il faut entreprendre.

DON PÈDRE.

Suis-moi, Castro. Je vois quel parti je dois prendre.

FIN DU PREMIER ACTE.

ACTE II.

SCÈNE PREMIÈRE.

On voit au fond du théâtre le trône où le roi et la reine sont assis; l'Infant est plus bas du côté d'Alphonse; Constance plus bas du côté de Blanche; Inès près de Constance; Castro près de Don Pèdre; Alvarès; Estévan; tous les ordres du royaume; peuple.

ALPHONSE.

Reine, jeune princesse, et vous dignes prélats,
Noblesse, gouverneurs, chevaliers, magistrats,
L'honneur du trône, et vous qui l'avez su défendre,
Guerriers, peuple, en ce jour vous devez tous entendre
Le fils du roi Denyz, Alphonse, votre roi.
Mon père qui sur vous a fait régner la loi,
Lui que rien n'eût troublé sans sa propre famille,
Lui dont l'heureux génie, appui de la Castille,
Sut bannir l'ignorance, apprivoiser nos mœurs,
Rendre aux villes leurs arts, comme aux champs leurs honneurs,
Aussi grand dans la paix qu'invincible à la guerre,
Sur ce trône illustré termina sa carrière.
Appelé par nos lois à régir ses états,
Autant que je l'ai pu, j'ai marché sur ses pas:

Vous le savez; mon bras aidé de votre zèle
Protégea nos remparts qu'assiégeait l'Infidèle;
Quarante ans dans nos fers a gémi l'Africain.
Mais le sceptre enfin pèse à ma débile main;
Et du joug de l'Arabe il eût souffert l'outrage,
Si l'Infant n'eût, au nombre opposant le courage,
Vers ses rochers brûlants rejeté l'ennemi.
Puisque par son bras seul le trône est affermi,
Peuple, et que votre roi ne peut plus vous défendre,
Du trône en sa faveur je suis prêt à descendre.
Dans le moment heureux où sera célébré
L'hymen, gage de paix par trois rois assuré,
L'hymen dont à vos yeux la pompe se prépare,
Je quitterai le trône; oui, je vous le déclare,
Si l'avis des états ne s'oppose à ma voix,
Don Pèdre est votre maître et monte au rang des rois.

BLANCHE.

Alphonse, un peuple entier ne peut voir qu'avec peine
Un héros déposer la grandeur souveraine:
S'il peut se consoler en écoutant vos vœux,
C'est qu'un tel successeur régnera sous vos yeux.
Je dois, ainsi que vous, quitter le rang suprême.
Heureuse la princesse à qui mon diadême
Doit être présenté des mains d'un tel époux.

CONSTANCE à sa mère.

Toujours ce peuple et moi nous saurons voir en vous,
Lui son auguste reine, et moi ma tendre mère.

Le prince, lorsqu'il monte au trône de son père,
Pour prix de ses vertus, n'entendra dans ce jour
Que des chants d'allégresse et des serments d'amour.
Celle qu'il va choisir pour un noble hyménée
Des reines de la terre est la plus fortunée;
Tous les cœurs maintenant soumis au nouveau roi,
En public, en secret, l'assurent de leur foi.

ALVARÈS à Alphonse.

Roi, vos desirs pour nous sont un ordre suprême.

UN MAGISTRAT.

Le peuple doit céder aux vœux d'un roi qu'il aime.

UN GUERRIER.

Fasse toujours Don Pèdre, heureux et respecté,
Du trône portugais craindre la majesté!

CASTRO.

Grand, généreux, chéri, qu'il soit tel que son père,
Qui sut rendre l'espoir à la Castille entière,
Dompter à Tariffa deux cent mille Africains,
Prendre un fils belliqueux d'un de leurs souverains,
Quand vainqueur, et suivi de son royal esclave,
D'une commune voix il fut nommé le Brave.

DON PÈDRE se levant.

Puisque mon père et vous, peuple, me faites roi,
Sachez que la justice est ma suprême loi.
La justice des rois, voilà leur bienfaisance.

Il prend le glaive.

Ce glaive n'est tiré que pour votre défense,

Que pour venger les lois : le faible, l'innocent,
Trouveront en Don Pèdre un protecteur puissant;
L'oppresseur, l'homicide, un juge inexorable.
Rien ne peut au supplice arracher le coupable,
Rien : quels que soient l'état, et le sexe et le rang,
Il n'aura point d'asyle; et fût-il de mon sang,
J'atteste Dieu, nos lois, ce fer, mon diadême,
Peuple, qu'au pied du trône il tombera lui-même.
Don Pèdre maintenant (grands, peuple, écoutez tous)
Va sur ses intérêts s'expliquer devant vous.
Le roi qui par l'hymen veut m'unir à Constance,
Croit que par ses vertus comme par sa naissance
Au trône portugais elle doit à son tour
Remplacer une mère, objet de son amour.
Du sang des souverains de tous côtés issue,
Blanche descend du trône où le roi l'a reçue;
Ses yeux de ce haut rang ne sont pas éblouis :
Sœur du roi d'Aragon, son aïeul est Louis,
Ce héros, ce saint roi, noble amour de la France.
Nul de vous plus que moi ne révère Constance;
Elle m'entend : ô ciel, daigne exaucer mes vœux,
Fais son bonheur! est-il un trône sous les cieux
Que d'un peuple ravi le respect ne lui donne?
Son front honorerait la plus belle couronne.

ALPHONSE.

Je mettrai sur le tien ce diadême d'or,
D'un monastère illustre antique et saint trésor,

Qui du grand Alaric jadis orna la tête.

DON PÈDRE, au peuple.

Avant que je l'accepte, en cette auguste fête,
Apprenez mon serment : périsse votre roi
S'il ose violer la justice et la foi,
Ce lien des mortels, la foi qui sur la terre
Doit dans le cœur des rois trouver son sanctuaire.
Quand Alphonse permet, quand vous approuvez tous
Que l'héritier des rois règne aujourd'hui sur vous,
L'usage solemnel veut que le diadème,
Ce signe réservé pour la grandeur suprême,
De la nouvelle reine orne le front sacré :
J'atteste des chrétiens le livre révéré
Que celle à qui je l'offre est votre souveraine :
Peuple, grands, tombez tous aux pieds de votre reine!
Votre reine est Inès.

Les personnes qui sont derrière Inès se reculent avec respect.

ALPHONSE.

Arrêtez, fils ingrat!

DON PÈDRE.

Inès est mon épouse!

ALPHONSE.

Un pareil attentat
Va recevoir de moi sa juste récompense :
Don Pèdre n'est point roi, s'il n'épouse Constance.
Aux peuples de Castille, aux peuples d'Aragon
Cet hymen fut par moi promis en votre nom;

Et Constance déja du nœud qui vous engage,
Par mon ambassadeur, prince, a reçu le gage.

DON PÈDRE.

Je l'atteste en présence et du peuple et du roi,
Inès est mon épouse, elle a reçu ma foi.
Du temple de Garda Jules vint à Bragance
Consacrer devant Dieu notre sainte alliance;
Castro près de l'autel assistait à genoux;
Estévan fut témoin. Le saint prélat pour nous
Prononça de l'hymen la formule sacrée,
Rompit le pain vivant, et sa voix révérée
Pour Inès et pour moi monta vers l'Éternel;
Je fis entendre alors ce serment solemnel :
Don Pèdre épouse Inès; Dieu, si je l'abandonne,
Fais-moi régner sans gloire, et maudis ma couronne!

ALPHONSE.

Il descend du trône.

Rome pourra juger ce que vaut ce serment.
Rentrez, coupable Inès, dans votre appartement.
Vous n'en sortirez point sans l'ordre de la reine.

Inès sort.

DON PÈDRE.

Entre les mains de Blanche! ah, d'une injuste haine,
Peuple, qui m'écoutez, redoutons les effets :
Sous votre garde ici, guerriers, je place Inès!
Mon bras saurait venger.....

ALPHONSE.

Quoi! Don Pèdre menace,

Quand lui-même en ce jour aurait besoin de grace!
Vous n'êtes qu'un sujet.

DON PÈDRE.

Je le sais. Mais.....

ALPHONSE.

Sortez.

DON PÈDRE.

Viens, Castro!

ALPHONSE.

Près de moi, Connétable, restez.

Don Pèdre sort.

Peuple, Inès subira la peine de son crime.

Les grands et le peuple sortent.

Mais je ne veux porter qu'un arrêt légitime;
Alphonse doit savoir par quel art suborneur
La coupable du prince a subjugué le cœur.
Reine, pour dévoiler cette perfide trame,
Vous-même interrogez les secrets de son ame.

Le rideau se ferme.

SCÈNE II.

BLANCHE, CONSTANCE, ALVARÈS.

CONSTANCE.

Don Pèdre était lié par un hymen secret!
Ils ont su le cacher.

BLANCHE.

Ta mère l'ignorait.

Une sujette!

CONSTANCE.

Inès, à qui mon cœur sincère
De mes vœux pour l'Infant n'a point fait un mystère.
Je l'ai vue en effet quelquefois se troubler.
Sans doute, quand mes soins venaient la consoler,
De ma fatale erreur son cœur a dû me plaindre.
Elle a fait mon malheur. Mais elle a tout à craindre;
Sauvons-la; je frémis de la terrible loi
Que contre un tel forfait dicta jadis le roi.
Timide et jeune encore elle a pu.....

BLANCHE.

La perfide!
Pour outrager le trône elle n'est point timide.

CONSTANCE.

Parlez-lui sans rigueur : l'indulgente bonté
Fait mieux du fond des cœurs sortir la vérité.
Avant de la juger, ah! je vous en conjure,
Souffrez qu'un seul instant ma bouche la rassure.

BLANCHE.

J'y consens; avec moi vous allez la juger.
Oui, vous pourrez ici vous-même interroger
L'ingrate dont l'orgueil trame votre ruine :
Allez.

SCÈNE III.

BLANCHE, ALVARÈS.

ALVARÈS.

Que de bonté dans cette ame divine!

BLANCHE.

Et nous la laisserions lâchement opprimer!
Je sens, à cet affront, tout mon sang s'allumer.
Mais Constance n'a pu, quel que soit son courage,
D'un mépris si cruel dissimuler l'outrage.
Quel revers plus sanglant pouvait-elle essuyer?
Ciel! voir une sujette aux yeux d'un peuple entier
Lui dérober le cœur de l'Infant qu'elle adore!
Qu'elle souffrait! mon ame en est émue encore:
Je la voyais pencher sa tête sur mon sein;
Pour essuyer ses pleurs elle prenait ma main;
J'avais tout son amour, toute sa confiance.
Autant j'ai pris de soins pour cacher à Constance
Un amour qui du trône était le déshonneur,
Autant je veux qu'Inès, lui peignant son bonheur,
Dans l'ame de Constance éveille enfin l'envie;
C'est là ce que j'espère: et c'est fait de ta vie,
Inès! si ce cœur pur est un instant jaloux.
Je ne crains que ma fille; Alvarès, contre nous
L'ingrate que je hais, par un art trop facile,
D'un cœur si vertueux peut se faire un asyle.

ALVARÈS.

Je les vois.

SCÈNE IV.

BLANCHE, CONSTANCE, INÈS.

BLANCHE.

Dans mes mains le roi met votre sort.
Par la loi de l'État vous méritez la mort;
Mais quand pour juge ici je vous donne Constance,
C'est vous montrer peut-être, Inès, quelque indulgence.

CONSTANCE.

Rassurez-vous; songez qu'une noble candeur
Doit à mes yeux, Inès, dévoiler votre cœur;
Dût-elle me blesser, je l'exige : et la reine
Vous pourrait justement accabler de sa haine,
Si votre bouche osait trahir la vérité.

INÈS.

Je promets de parler avec sincérité.

BLANCHE.

Est-il vrai qu'à l'autel une sainte alliance
Vous ait unie au prince ?

INÈS.

Oui, reine; dans Bragance,
Un prélat respecté nous lut la sainte loi;
Et l'Infant à genoux se plaça près de moi.
Il me promit sa foi, ma foi lui fut jurée.
Jules couvrit nos mains de l'étole sacrée.

« Ce qu'un prêtre du Christ au pied du saint autel
« A lié sur la terre, est lié dans le ciel,
Dit-il : « je vous unis : aimez-vous l'un et l'autre. »
Tel fut notre serment.

CONSTANCE.

En prononçant le vôtre,
Vous saviez quel péril.....?

INÈS.

Je connaissais la loi.

BLANCHE.

Rien ne vous arrêta? Vous auriez sans effroi,
De la terre et du ciel affronté la vengeance!
Vous avez dû pâlir en regardant d'avance
L'échafaud, juste prix d'un amour suborneur.

INÈS.

Je n'ai vu que Don Pèdre ivre de son bonheur.

BLANCHE.

Et vous avez dès lors partagé sa tendresse?

INÈS.

Reine....

CONSTANCE.

Depuis quel temps?

INÈS.

Depuis quatre ans, princesse.

BLANCHE.

Et quelle passion vouliez-vous assouvir?
Est-ce l'orgueil, Inès? un coupable desir?

Ou du suprême rang l'ambition funeste?

INÈS.

L'orgueil! l'ambition! c'est toi que j'en atteste,
Don Pèdre, toi, l'amour de la terre et des cieux,
Cher prince; tu le sais, si d'un souffle odieux
L'ambition, l'orgueil, ont allumé ma flamme!
Rien d'humain, rien d'impur n'est entré dans mon ame.

CONSTANCE, à part.

Quel supplice pour moi!

BLANCHE.

Ma fille, calmez-vous;
Nous l'entendrons bientôt se vanter devant nous
Qu'elle engagea l'Infant, loin des sentiers du vice,
A révérer les lois, son père et la justice.

INÈS.

Non, toutes les vertus ornaient déja son cœur;
La justice surtout: terrible à l'oppresseur,
Il est même du crime un vengeur trop sévère.
Heureux s'il pouvait mettre un frein à sa colère!
De l'innocence, ô ciel! faut-il venger le sang,
Malheur au criminel! dignité, sexe, rang,
Rien ne l'arrête: alors son cœur devient barbare.
Ah! si vous le voyiez quand sa raison s'égare!....
Un tigre a moins de rage: et pour le modérer
C'est Inès seule alors qu'il faudrait implorer.

CONSTANCE.

Vous frémissez, ma mère!

BLANCHE.

Oui, ma fille, mon ame
S'indigne enfin de voir de quel front cette femme
Vante, exalte, en parlant des plus honteux excès,
La justice du prince, et la pudeur d'Inès.

CONSTANCE.

Elle s'excuse....

INÈS.

Il faut me réduire au silence,
Si la vérité blesse et le respect offense.

CONSTANCE.

Ses aveux sur mon sort, reine, vont m'éclairer:
Qu'Inès libre....

BLANCHE.

Ah! sans crainte elle peut déclarer
Comment l'Infant l'aima, surtout par quelle trame,
Par quel art criminel, on séduisit son ame.

INÈS.

L'épouse de l'Infant, sans crainte, sans détours,
De Don Pèdre et d'Inès vous dira les amours.
Sous les yeux de ma mère, et depuis seize années,
Mes jours coulaient sereins aux rives fortunées
Où, lorsque de Coïmbre il va baigner les murs,
Le Mondégo plus lent roule ses flots si purs.
Là, l'Infant, loin des cours, dans le vallon tranquille,
Goûtait un jour la paix dont les champs sont l'asyle.
Il m'aperçoit : un trouble alors saisit son cœur;

Ses regards, d'abord fiers, se voilent de langueur;
Il rougit, et soudain, reconnaissant ma mère,
Son œil respectueux se fixe vers la terre.
Il nous revoit bientôt; l'attrait d'un beau séjour,
Nos mœurs, tout plaît au prince; il m'offrit son amour:
Moi, craignant d'offenser le roi que je révère,
Je n'écoutai l'Infant qu'avec un front sévère.
Alors il m'adressa les plus tristes adieux:
Le désespoir, la mort se peignaient dans ses yeux;
Je m'avance, et couvert d'une pâleur soudaine,
L'infant tombe à mes pieds sans force et sans haleine.
Une fièvre brûlante égare sa raison:
Faible, il ne put quitter le seuil de la maison;
Elle fut son asyle. Et moi, la nuit entière,
Triste, auprès de son lit, je veille avec ma mère.
Mais quand déja le peuple et le roi consterné
Pleuraient un prince aimable en sa fleur moissonné,
L'Infant sembla renaître; et mon ame ravie
Pour la première fois crut respirer la vie.
Sans doute un ange alors, pour conserver ses jours,
D'un sang trop agité vint ralentir le cours;
Et quand ses yeux du ciel soutinrent la lumière,
Quelques pleurs, je l'avoue, humectaient ma paupière.
Lui triste, et faible encor, sur mon bras s'appuyant,
Il m'implora d'un œil si doux, si suppliant!
Ce regard m'attendrit. Voilà par quelle trame,
Par quel art criminel je séduisis son ame.

CONSTANCE.

Dieu!

BLANCHE.

Je ne doute point qu'Inès ne l'ait aimé.
Mais à d'autres que vous son cœur fut-il fermé?
De nouveaux feux...?

INÈS.

L'Infant! lui, son ame inconstante!
Il n'entendit, n'aima, ne vit que son amante:
Tout son cœur fut à moi. Plein d'amour, plein d'honneur,
Tantôt des Portugais méditant le bonheur,
Il versait dans mon sein les secrets de son ame;
Tantôt en vers divins sa voix chantant sa flamme,
Attendrissait les monts qu'enrichit l'olivier,
Les coteaux où rougit le doux fruit du palmier,
Et ces arcs élevés où l'onde est suspendue.
Mais, prêt à me quitter, dans ces lieux à sa vue
Tout changea. Ce vallon, témoin de mon bonheur,
Don Pèdre l'appela: « Le vallon de douleur »;
La source et le rocher, pour lui si pleins de charmes,
Don Pèdre les nomma: « La fontaine des larmes. »

CONSTANCE.

Hélas!

BLANCHE.

Et dans ces lieux si beaux, si fortunés,
D'un amour criminel des gages sont-ils nés?
Parlez.

INÈS.

L'affreux regard que la reine me lance....
Mais, ciel! quelle pâleur sur le front de Constance!
O reine, elle se meurt!

BLANCHE, soutenant Constance qu'elle emmène.

Ne suivez point nos pas;
Restez.

INÈS, seule.

Quelle fureur!.... Que disait, Blanche, hélas!
Vos fils!..... J'entends encor cette voix menaçante.

SCÈNE V.

DON PÈDRE, INÈS.

INÈS.

Cher Don Pèdre, rassure une mère tremblante.
La reine a su de moi combien j'aime un époux;
Son œil étincelait de haine et de courroux:
Ah! sauve nos enfants!

DON PÈDRE.

Mère, épouse chérie,
Va, ne crains point la reine et sa vaine furie:
Le roi m'appelle ici.

INÈS.

Je ne crains pas pour moi;
Mais pour nos chers enfants tout me glace d'effroi.

DON PÈDRE.

Ton frère, s'il le faut, veillera sur leur fuite.
Mais d'un funeste éclat craignant déja la suite
Le roi veut me parler.

INÉS.

Toi, dans cet entretien,
N'offense point un père, un roi.

DON PÈDRE.

Non, ne crains rien.

INÈS.

Cher prince!

DON PÈDRE.

Il va connaître à quel excès je t'aime.
Crois qu'un père, qu'un roi, la terre, le ciel même
Ne peuvent rien changer à cet amour sacré
Que devant les autels mon ame t'a juré.

INÈS.

Ah! quel tendre retour, quelle reconnaissance....?

DON PÈDRE.

Toi, de tels sentiments! Mon amour s'en offense.

INÈS.

Que ton cœur sait aimer!

DON PÈDRE.

Compte sur mon serment.
Que soudain, si jamais je t'oublie un moment,
La lumière du jour, Inès, me soit ravie!
Oui, Don Pèdre en tout temps, ô charme de ma vie,

Malgré la voix d'un père et les rigueurs du sort,
T'aimera dans l'exil, dans les fers, dans la mort.

INÈS.

J'écoute trop long-temps un si touchant langage;
Je vais, dans nos enfants retrouvant ton image,
Cher prince, et ton regard, et le son de ta voix,
Les voir, peut-être, hélas! pour la dernière fois.

FIN DU SECOND ACTE.

ACTE III.

SCÈNE PREMIÈRE.

ALPHONSE, DON PÈDRE.

ALPHONSE.

Je veux bien excuser les fureurs d'un amant.
Calme, sans passion, mon fils, en ce moment
Écoutez un monarque, un père qui vous aime,
Qui du bien de l'État fait son bonheur suprême.
Deux siècles de travaux, de pénibles succès,
Ont à peine affermi le trône portugais,
Où cinq monarques seuls ont précédé mon père.
Et si du plus beau sang dont s'honore la terre
La race de nos rois se vante avec raison,
Si la France a créé notre illustre maison,
Mon père cependant a vu, dans son jeune âge,
Ce trône au Castillan rendre un reste d'hommage.
Notre Alphonse-le-Grand, lui que par une loi
Un peuple généreux nomma son premier roi;
Sanche qui par son règne aussi sage que juste
Du nom de fondateur reçut l'hommage auguste;

Son fils osant aux lois assujettir l'autel:
Tous trois, si quelque hymen imposant, solemnel,
N'eût d'un utile appui secondé leur courage,
Sous leurs voisins jaloux, sous le Maure sauvage,
Ou sous un fier pontife auraient pu succomber.
Dom Sanche, que du trône Innocent fit tomber,
Blessa des rois voisins la vanité jalouse,
Dans les rangs des sujets il choisit une épouse;
Et cet hymen obscur fit chanceler l'État.
Ce trône dut bientôt, reprenant son éclat,
Ma mère à l'Aragon, la vôtre à la Castille;
Et malgré la splendeur d'une antique famille,
Byzance même a vu, d'un regard indigné,
Pour votre aïeul Denyz Andronic dédaigné.
Mais notre nation brave, active, éclairée,
Entre la vaste mer et les monts resserrée,
Ne peut plus en Europe augmenter son pouvoir;
Tandis qu'on voit, croissant en audace, en espoir,
Le peuple castillan, pour qui le sort conspire,
Sur l'Espagne envahie étendre son empire.
Leur roi de sa fortune a retardé le cours;
Mais d'un prince énervé par de lâches amours
Si l'ame plus ardente eût respiré la guerre,
Les Portugais, mon fils, croyez-en votre père,
Sous le fier Castillan pouvaient être accablés.

DON PÈDRE.

Les Portugais! mon père, est-ce vous qui parlez?

O ciel!

ALPHONSE.

C'est moi, Don Pèdre; et si mon imprudence
Souffrait que sur ce trône où doit monter Constance
Votre indiscrète main osât placer Inès,
Les rois verraient mon fils de palais en palais
Mendier un asile, et sous de nouveaux maîtres
Tomber ce trône illustre où siégeaient nos ancêtres.
Écoute-moi, mon fils : le Portugal en toi
Voit peut-être un héros, mais il attend un roi.
Toi qui trouvas en moi le père le plus tendre,
Cède; et pour toi du trône Alphonse va descendre.

DON PÈDRE.

Régnez, régnez encor; qu'Alphonse respecté
Voie en tout temps fléchir sous son autorité
Les grands, le peuple, un fils, tout ce qui l'environne :
Et que Don Pèdre, avant d'obtenir la couronne
D'un père aimé du ciel, roi juste, grand guerrier,
De ses nobles vertus soit d'abord l'héritier.

ALPHONSE.

Prince, commencez donc par obéir vous-même.
Se peut-il que d'un roi, que d'un père qu'il aime
Don Pèdre ose d'abord méconnaître les droits,
Affecter le mépris des traités et des lois?
Qu'il veuille préférer à l'auguste famille
Et des rois d'Aragon et des rois de Castille
L'illégitime nœud d'un amour clandestin,

Du trône qui l'attend hasarder le destin,
Et d'un peuple innocent préparant le carnage,
De six rois ses aïeux détruire l'héritage?
Soyez homme d'état; sachez régner. . .

DON PÈDRE.

Les rois
De leurs sujets, seigneur, n'ont-ils donc pas les droits?

ALPHONSE.

Non, prince.

DON PÈDRE.

Un chaste hymen enfanterait la guerre!

ALPHONSE.

Du seul penchant des cœurs suivre la loi vulgaire,
Pour les enfants des rois devient un attentat.
Leur hymen doit fonder le bonheur de l'État;
Et du salut public honorables victimes,
Les grands hymens pour eux sont les seuls légitimes.

DON PÈDRE.

De ces hymens pompeux quels ont été les fruits,
Seigneur? au Portugal quels biens ont-ils produits?
Ce trône, fatigué par des nœuds de famille,
Soutint, non sans fléchir, le trône de Castille;
Et, dans ces grands traités, toujours le faible État
Sert l'État le plus fort, impunément ingrat.
Ces accords spécieux, par un effet contraire,
Toujours, loin de l'éteindre, ont allumé la guerre.
Combien de sang paya l'affront que sans pudeur

Le roi de la Castille a versé sur ma sœur!
Que de sang pour Constance allait couler encore,
Si, l'éloignant du roi, l'indigne Léonore
Qui de cette rivale enviait la beauté,
N'eût à Constance enfin rendu la liberté.

ALPHONSE.

Voilà les maux publics, les désastres, les crimes,
Que produisent des rois les feux illégitimes!

DON PÈDRE.

Faut-il s'en étonner lorsque du fils des rois
L'hymen toujours contraint n'est jamais de son choix?

ALPHONSE.

Est-ce donc pour céder à des passions vaines
Que le ciel donne aux rois les grandeurs souveraines?
C'est du bonheur du peuple, et non d'un fol amour,
Qu'un prince à l'Éternel doit rendre compte un jour.

DON PÈDRE.

Quoi, seigneur!

ALPHONSE.

La raison sur vous n'a point d'empire.
Mais quand, d'un tel amour nourrissant le délire,
Votre ame à son erreur ne veut point renoncer,
Rome, un père, et deux rois sauront vous y forcer,
Prince.

DON PÈDRE.

Ah! si mon respect, si mes vœux, ma prière,

Avaient quelque pouvoir sur le cœur de mon père,
Rome...

ALPHONSE.

Et qui peut, mon fils, affronter son courroux?

DON PÈDRE.

Un roi ferme, seigneur; et je l'appris de vous.
Mais si deux rois rivaux, unissant leur puissance,
Méditaient contre nous une injuste vengeance;
Contre eux je saurais bien trouver un sûr appui.
J'armerais tout le peuple; oui, seigneur, devant lui
J'irais, j'attesterais un flamme si pure,
Les nœuds d'un saint hymen, les lois de la nature,
L'ame noble d'Inès empreinte sur ses traits,
Sa beauté, ses vertus : eh! quel cœur portugais,
Quelle ame par ma voix ne serait enflammée?
J'exciterais pour elle et le peuple et l'armée,
Les femmes, les vieillards, les mères, les enfants;
Dieu prêterait sa force à nos bras triomphants.

ALPHONSE.

Ainsi vous oseriez outrager la justice;
Il faut que tout s'abyme, et que l'État périsse,
Pourvu que, seuls en paix quand tout gémit pour eux,
Don Pèdre et son Inès coulent des jours heureux!
Le pouvoir d'un monarque est-il donc arbitraire,
Prince? un roi qui, traînant ses sujets à la guerre,
Fait répandre leur sang non pour eux mais pour soi,
Est l'ennemi d'un peuple, et n'en est pas le roi.

Pour la dernière fois, enténds la voix d'un père,
Don Pèdre: ô mon cher fils, écoute ma prière.
Mon front déja blanchi par quatre-vingts hivers
M'avertit que bientôt le Dieu de l'univers
Doit appeler Alphonse au tribunal auguste
Où tout roi doit frémir, et même le plus juste.
Combien dois-je trembler moi qui dans ses États
Attaquai, soulevant le peuple et les soldats,
D'un roi juste et chéri le pouvoir légitime.
Je fus coupable, hélas! prince; mais si mon crime
D'un père vénérable empoisonna les jours,
Qu'un long remords des miens a corrompu le cours!
Sur ce coupable front qui menaça mon père,
Déja pèse du ciel la justice sévère.

DON PÈDRE.

Ah! cessez; vos discours me déchirent le cœur.

ALPHONSE.

Cède à mes vœux, mon fils.

DON PÈDRE.

Je ne le puis, seigneur.

ALPHONSE.

Il suffit; laissez-moi, prince.

DON PÈDRE.

Ah! du moins, mon père,
Que sur votre fils seul tombe votre colère.
Mon épouse......

ALPHONSE.

C'est trop....

DON PÈDRE.

Alphonse m'a promis
Qu'exempte de périls Inès....

ALPHONSE.

Les lois, mon fils,
Vont prononcer.

DON PÈDRE.

Je crains qu'une implacable haine....
De grace, sur Inès qui veille ici?

ALPHONSE.

La reine.

DON PÈDRE.

La reine! ah, ses fureurs....

ALPHONSE.

Otez-vous de mes yeux;
Ou je saurais punir un fils séditieux.

DON PÈDRE, à part.

Il faut donc la sauver.

SCÈNE II.

ALPHONSE, BLANCHE, ALVARÈS.

ALPHONSE.

Ciel!

BLANCHE.

L'Infant se retire?

ALPHONSE.

Mes ordres ni mes pleurs sur lui n'ont point d'empire.

BLANCHE.

Quel fruit puis-je espérer d'un nouvel entretien?

ALPHONSE.

Son ame est inflexible, et vous n'obtiendrez rien.

BLANCHE.

Et ne peut-on du moins punir une rebelle
Dont l'orgueil, attisant une ardeur criminelle,
Fait braver à Don Pèdre et son père et son roi,
Ose outrager enfin, vous, et ma fille, et moi ?
Celle que deux États briguaient pour souveraine,
Aurait d'Alphonse en vain reçu le nom de reine!
Et, sujette d'Inès, se verra dédaigner!

ALPHONSE.

Reine, rassurez-vous; Constance doit régner.

ALVARÈS.

Ah, seigneur, prévenez de sinistres tempêtes;
Il en est temps : des lois les sages interprètes,
De la religion les ministres sacrés,
Pensent, voyant les maux à l'état préparés,
Qu'Inès de son forfait doit être la victime.

ALPHONSE.

Que les lois, Alvarès, prononcent sur son crime;
Et sa tête, qu'aux loix rien ne peut dérober,
Sous le glaive vengeur dès demain doit tomber.

BLANCHE, bas à Alvarès.

Il faut un coup plus prompt. Que la coupable expire!

SCÈNE III.

ALVARÈS.

Tremble, Inès! ta famille a voulu me proscrire.
Blanche me protégea, me rendit mes honneurs.
Vengeons ma propre injure en servant ses fureurs.
La reine sait prévoir que, trompant la justice,
L'Infant arracherait son amante au supplice.
Il faut le prévenir. Mais j'aperçois Inès.

SCÈNE IV.

INÈS, ALVARÈS.

INÈS.

à part. à Alvarès.

L'Infant n'est point ici. Savez-vous, Alvarès,
Si Don Pèdre....?

ALVARÈS.

En ce lieu la reine va se rendre.

INÈS.

Alphonse a vu son fils....?

ALVARÈS.

Je ne puis rien entendre.

SCÈNE V.

INÈS.

Mes enfants n'ont-ils plus d'autre soutien que moi?
Don Pèdre a-t-il calmé la colère du roi?
Si Blanche découvrait mes enfants!.... Je frissonne.
Je ne sais quelle horreur en secret m'environne.
Quel bruit affreux! c'est lui! c'est lui! je ne crains rien.

SCÈNE VI.

INÈS, DON PÈDRE.

DON PÈDRE *avec des soldats.*

Sauvons nos fils et toi; viens, mon unique bien!

INÈS.

Quoi! suivi de soldats!

DON PÈDRE.

J'ai guidé nos cohortes;
Viens, Inès: du palais Castro garde les portes.

INÈS.

T'armer contre ton père!

DON PÈDRE.

Il t'immole aujourd'hui.

INÈS.

Quel exemple fatal!

DON PÈDRE.

Je l'ai reçu de lui.

INÈS.

S'il est vrai qu'à son père Alphonse fut rebelle,
Qu'Alphonse dans son fils trouve un sujet fidèle.

DON PÈDRE.

C'est nous perdre tous deux.

INÈS.

Hâte-toi de sortir.

DON PÈDRE.

Qui pourrait désarmer le roi?

INÈS.

Ton repentir.

DON PÈDRE.

Songe, songe aux enfants dont Inès est la mère.

INÈS.

Devons-nous les instruire à détrôner leur père?

DON PÈDRE.

Faudra-t-il voir périr tes fils, ton frère et toi?

INÈS.

Il faut fléchir un père, et respecter un roi.

SCÈNE VII.

DON PÈDRE, INÈS, CASTRO.

CASTRO.

Prince, aux yeux des soldats il est temps de paraître;
Si vous tardez encor, le roi sera le maître.

DON PÈDRE.

Inès veut tous nous perdre, elle, toi, son amant,

Son fils, sa fille.

CASTRO.

O ciel! Toi!....

INÈS, à Don Pèdre.

Songe à ton serment.
Tu juras en m'offrant cette main qui m'est chère
Qu'elle ne s'armerait que pour défendre un père;
Va, bientôt cette Inès qui sut plaire à ton cœur
Te serait un objet de mépris et d'horreur.
Moi, Don Pèdre, aux vertus je fermerais ton ame!
Si c'est là mon destin, je renonce à ma flamme:
J'aurais honte d'un trône usurpé sur ton roi;
en pleurant.
Et j'aime mieux mourir que régner avec toi.

DON PÈDRE.

la voyant pleurer.

Chère Inès!... Je ne puis résister à ses larmes.
à Castro.
Castro, devant le roi que tout baisse les armes.

SCÈNE VIII.

INÈS, DON PÈDRE.

INÈS.

Quel amour est le tien!

DON PÈDRE.

Tu désarmes ce bras
Qui pouvait seul encor t'arracher au trépas!...

C'est moi qui contre Inès irrite encor la reine!
Ai-je pu t'obéir! Va, du moins sois certaine...

INÈS.

Nous fléchirons le roi; nous toucherons son cœur:
Notre soumission calmera sa rigueur.
Que n'inspirera point à ma tendresse extrême
L'espoir de vivre encor pour le héros qui m'aime?

DON PÈDRE.

Hélas!

SCÈNE IX.

CONSTANCE, INÈS, DON PÈDRE.

CONSTANCE.

Rassurez-vous, prince; ne craignez rien.
La reine vous demande un secret entretien.
Déja le roi, blessé d'une coupable offense,
Contre vous, contre Inès apprêtait la vengeance:
« Je renonce à Don Pèdre, » ai-je dit. « Pour jamais!
« Qu'il vive heureux, enfin qu'il règne avec Inès! »
Mes soins, mes vœux, mes pleurs ont su toucher ma mère;
Elle appaise le roi: rien ne peut plus, j'espère,
Prince, ravir Inès des bras de son époux,
Ni rompre les saints nœuds qui l'attachent à vous.
Soyez heureuse, Inès, puisque c'est vous qu'on aime!
Le prince jugera par cet abandon même
Quel vœu pour son bonheur mon cœur avait formé;
Si de Constance enfin Don Pèdre était aimé.

DON PÈDRE, avec un étonnement douloureux.

Quelles ames à toi se sont donc attachées,
Don Pèdre! toutes deux, quoi! vous n'êtes touchées
Que de mon intérêt, que de mon seul bonheur!
Quel spectacle nouveau vous offrez à mon cœur!
La haine vient toujours séparer les rivales;
Leur ame exerce alors des vengeances fatales:
Les vôtres, charme heureux de ce cœur abattu,
Disputent de bonté, d'honneur et de vertu.

INÈS, à part.

Quels biens il sacrifie en me restant fidèle!

CONSTANCE, les yeux au ciel.

La voix d'un autre époux en ce moment m'appelle.
Oui, mes vœux désormais sont conformes aux tiens;

Elle passe devant Don Pèdre, et le regardant:

Viens, Inès!... De ses jours je réponds sur les miens.

SCÈNE X.

DON PÈDRE.

Noble fille, ton cœur ne connaît point la reine!
Moi, je crains ses bienfaits plus encor que sa haine.
Constance, elle est ta mère; et ton cœur en effet
Pourrait-il dans le sien soupçonner un forfait?
La reine vient! comme elle aurai-je l'art de feindre?
Le pourrai-je?... Souffrons, et sachons nous contraindre.

SCÈNE XI.

BLANCHE, DON PÈDRE.

BLANCHE à part.

Il faudra perdre Inès! j'y vois plus d'un danger.
Essayons l'artifice avant de nous venger.

DON PÈDRE à part.

C'est elle.

BLANCHE à part.

A la punir si son refus m'expose.....

DON PÈDRE à part.

Calmons-nous.

BLANCHE à part.

De sa mort lui seul sera la cause.

Haut.

Vous croyez que ma voix contre Inès, contre vous,
Prince, d'un roi sévère excite le courroux:
Blanche a d'autres desseins; et Don Pèdre peut-être
Pourra dans ce jour même apprendre à la connaître.
D'un crime envers le trône Alphonse est irrité;
Et j'obtiens qu'on vous laisse encor la liberté.
Peut-être contre Inès craignez-vous ma vengeance?
Soupçon injurieux! j'aurais en votre absence,
Sans péril, excitant la colère du roi,
Fait tomber sur Inès le glaive de la loi.
O Don Pèdre, envers vous quelle est donc mon offense?
J'osai former l'espoir, le vœu, que de Constance

L'amour respectueux s'élevât jusqu'à vous:
J'ai cru Constance, hélas! digne d'un tel époux.
Malheureuse! c'est moi, prince, qui dans son ame
Fis du plus tendre amour naître la douce flamme,
L'entretins dans l'absence, et qui de jour en jour
Vous voyant de nos cœurs justifier l'amour,
Lui vantais son bonheur, et voulus que ma fille
Renonçât à l'hymen du roi de la Castille.
Faut-il qu'un art habile, et son fatal pouvoir,
Du roi comme du peuple ait renversé l'espoir?

DON PÈDRE.

Respecter la vertu, la nourrir dans son ame,
Est l'art d'Inès.

BLANCHE.

Eh bien, qu'elle immole sa flamme!
Alors en vous ma fille aimerait un époux;
Je pourrais vous donner, Don Pèdre, un nom plus doux.

DON PÈDRE.

Jugez-moi. Puis-je donc à l'objet plein de charmes
Qui, se laissant toucher par mes vœux et mes larmes,
Eût pour moi consenti même à perdre le jour,
Offrir le déshonneur pour prix de tant d'amour?

BLANCHE.

Le déshonneur!... Inès!... quelle ame assez injuste
Oserait.....?

DON PÈDRE.

Faudrait-il que votre fille auguste

Ne trouvât dans l'hymen qu'un vulgaire bonheur?
Que Constance eût ma main, quand Inès a mon cœur?

BLANCHE.

Ma fille, sa pudeur, et sa flamme ingénue,
Rempliront tous vos sens d'une joie inconnue;
Et ses douces vertus, plus précieux trésor,
Dissiperont l'erreur qui vous séduit encor.
Oui, vous serez heureux.

DON PÈDRE.

Eh! puis-je donc sans crime
Rompre le nœud sacré d'un hymen légitime?

BLANCHE.

Rome, vous le savez, dégage les mortels
Des nœuds qu'ils ont formés au pied des saints autels.

DON PÈDRE.

Rome peut, abusant de ses pouvoirs antiques,
Affranchir les mortels des liens politiques;
Mais les cœurs généreux suivent une autre loi.

BLANCHE.

Ma fille, le bonheur est-il perdu pour toi;
Et suis-je condamnée à voir couler tes larmes!
Ta beauté.....?

DON PÈDRE.

Sa vertu surpasse encor ses charmes.

BLANCHE.

Ma douleur à vos yeux ne craint point d'éclater:
Et pour vous attendrir rien ne peut me coûter.

A ses pleurs suppliants connaissez une mère!
Blanche tombe à vos pieds, ainsi que votre père.

Don Pèdre empêche Blanche de se mettre à genoux.

La paix, le bien public, la gloire, le bonheur,
Tout s'offre en cet hymen. Qui vous retient?

DON PÈDRE.

L'honneur.

BLANCHE.

Tel est donc votre arrêt!

DON PÈDRE.

Reine, je dois vous dire
Qu'au vœu de votre cœur vous me verriez souscrire
Si je suivais d'Inès les conseils généreux.
Constance a mérité mon respect et mes vœux.
Que le ciel, qui chérit la vertu, l'innocence,
Fasse, au prix de mon sang, le bonheur de Constance!

SCÈNE XII.

BLANCHE.

Je me suis contenue. Éclatons à la fin :
Tu penses me tromper; tu t'en flattes en vain,
Traître! La liberté maintenant t'est ravie.
Tremble toi-même! Inès va terminer sa vie.

SCÈNE XIII.

BLANCHE, ALVARÈS.

BLANCHE.

Alvarès!

ALVARÈS.

La fureur altère votre voix,
Reine?

BLANCHE.

Alvarès!

ALVARÈS.

O ciel! est-ce vous que je vois?
Ces yeux étincelants, et ces lèvres tremblantes....

BLANCHE.

Suivez-moi, vengez-moi. Les heures sont trop lentes.

ALVARÈS.

Vous avez vu le prince?

BLANCHE.

Oui, je l'ai supplié.

ALVARÈS.

Quoi donc!

BLANCHE.

Je n'ai pu même obtenir sa pitié.
Reine, il m'a vue en vain à ses pieds prosternée.
Venez; frappons Inès. Quoi! votre ame étonnée
Balance encor!

ALVARÈS.

Du prince Inès reçut la foi.

Il faut pour l'immoler l'ordre précis du roi.

BLANCHE.

Vous l'aurez, Alvarès.

Montrant un cabinet.

Là, je serai d'avance;
Là, mes ordres d'Inès sépareront Constance.
Alvarès, soyez prêt. Nous serons seuls; mes soins
Auront de toutes parts éloigné les témoins.

FIN DU TROISIÈME ACTE.

ACTE IV.

SCÈNE PREMIÈRE.

INÈS, CONSTANCE.

INÈS.

Quoi! sa soumission noble, prompte, sincère,
N'a donc pu du conseil fléchir l'arrêt sévère!
Alphonse aurait d'un fils résolu le trépas!
Princesse, informez-vous.....

CONSTANCE.

Je ne vous quitte pas;
Je l'ai promis au prince : et je dois vous apprendre
Qu'Alphonse dans ce lieu consent à vous entendre.
Il peut vous pardonner.

INÈS.

Trop long-temps de mes jours,
Prince, pour ton bonheur, j'ai prolongé le cours!
Ma mort seule en effet peut te sauver encore.
Que les gages chéris d'un amour qui m'honore
Consolent..... De mon cœur vous savez les secrets.

CONSTANCE.

Ils m'ont ravi l'espoir!.... Pardonne, chère Inès.....

Voyons le roi. Sauvons avec l'Infant qui t'aime,
Tes fils que, s'il le faut, j'amène ici moi-même.
Parle, attendris le roi : tu dois vivre pour eux.

INÈS.

Vous seule, aurez-vous donc des desseins généreux?
Je vous imiterai, vertueuse princesse.
Peut-être, de l'Infant consultant la tendresse,
Le nom qu'il me donna, ma propre dignité,
A toute autre qu'à vous, Constance, ma fierté
Disputerait la place et le titre de reine;
Mais quand de la vertu l'empreinte souveraine
Relève encore en vous la noblesse du sang,
Princesse, oui, je vous cède et mon titre et mon rang.
Par l'exemple si pur que son ame nous donne
Constance est plus que moi digne de la couronne.
Déja même l'Infant sait mon dessein sur vous.

CONSTANCE.

Sur la terre pour moi plus de trône et d'époux.
Qu'on respecte Constance, et sa douleur profonde.
Il n'est plus de liens qui m'attachent au monde:
Je veux quitter sa pompe, et vivre comme toi,
O noble Élisabeth, fille auguste d'un roi;
Comme toi, qui donnant au siècle un grand exemple,
Humble et pauvre, aux humains te cachas dans un temple,
A pied, des saints martyrs visitas les tombeaux,
Mendias ton pain même, et sous de vils lambeaux,
Riche d'espoir, semblais, parmi nous étrangère,

Déja fille du ciel, voyager sur la terre.
Constance au temple saint déposant son orgueil,
Comme elle, sans retour en passera le seuil.
Je me voue aux autels. Là, pauvre et solitaire,
Lorsque vous épousez un des rois de la terre,
Moi, je célébrerai l'hymen mystérieux
Qui joint la vierge épouse au monarque des cieux.

INÈS.

Jamais un cloître obscur ne sera votre asyle;
Non. Bientôt, croyez-moi, vous régnerez tranquille.
La voix d'Élisabeth m'appelle de nouveau.
Votre asyle est le trône; et le mien, le tombeau.
Mon destin s'accomplit.

CONSTANCE.

Quel étrange délire!
De quel sort?....

INÈS.

Écoutez ce que m'a su prédire
Ce vieillard renommé dont l'art audacieux
Sur l'obscur avenir interroge les cieux.
J'aborde ce mortel (une amante est crédule) :
Je suis mère, lui dis-je, écartant tout scrupule;
Que seront mes enfants? Lui, d'un accent fatal :
Ce qu'ils seront? dit-il; l'un, roi de Portugal,
S'il sait se défier du roi de la Castille;
L'autre, heureuse en tout temps, sans sceptre; mais sa fille
Doit voir, assise un jour sur le trône des rois,

Plus d'un royaume, Inès, obéir à ses lois.
Du sort de mes enfants la flatteuse assurance
Dans ce cœur maternel fait rentrer l'espérance;
La voix de ce vieillard semble m'encourager;
J'approche: et sur mon sort j'ose l'interroger.
Il hésite; et bientôt : «Inès, vous serez reine!»
Son front, ses yeux, son air, sa parole incertaine,
Tout annonce son trouble; et frémissant d'effroi :
« Reine de Portugal, éloignez-vous de moi!»
S'écria-t-il.

CONSTANCE.

O ciel!

INÈS.

Pendant la nuit obscure,
Un songe offre à mes yeux l'effrayante figure
D'un spectre qui m'entraîne à travers des tombeaux.
A la sombre lueur de deux tristes flambeaux,
Là, le front couronné d'une pâle lumière,
Du roi depuis douze ans dormait l'auguste mère.
« Ma fille, reposez,» dit-elle, « en ce cercueil.»
J'obéis. Et je vois un char couvert de deuil,
Plus loin que l'œil humain ne peut franchir d'espace,
Sortir des longs arceaux du cloître d'Alcobace.
Tout un peuple en silence a bordé le chemin.
Guerriers, nobles, prélats, un flambeau dans la main,
Suivent le char : on vient; et sous la voûte antique
Résonnait sourdement ce lugubre cantique

Qui fait, portant vers Dieu le cri de nos remords,
Descendre un peu d'espoir sous la tombe des morts :
Un bruit soudain me frappe; et des lueurs funèbres
De mon caveau moins sombre ont percé les ténèbres :
Je frissonne; je crois que par l'ordre du ciel,
De son clairon fatal, aux pieds de l'Éternel,
L'ange, appelant les morts des quatre parts du monde,
Vient en ressusciter la poussière féconde;
Ma tombe est soulevée; on m'appelle trois fois;
Et d'un mortel chéri je reconnais la voix :
C'était lui! Non, l'enfer, dans son gouffre de flamme,
N'a point de peine égale aux tourments de mon ame,
Quand la Mort, s'avançant vers mon froid monument,
De sa hideuse main m'offrit à mon amant.
Je crus lui faire horreur : mais lui, plein de tristesse,
Semblait encor pour moi redoubler de tendresse;
Lui-même en gémissant s'accusait de ma mort;
Sa voix, sa douce voix plaignait mon triste sort :
Il avait son air noble, et sa grace touchante.
Enfin, avec respect, auprès de son amante,
Je vis se prosterner le plus beau des humains;
Et je sentis ses pleurs qui coulaient sur mes mains.

CONSTANCE.

Quel sort! Il est horrible, et pourtant je l'envie.
On vous aimait encore au-delà de la vie;
Dans le cercueil...! Et moi de nulle ombre d'espoir
Jamais....

INÈS.

Vous régnerez peut-être dès ce soir.

CONSTANCE.

Et quand je régnerais, ai-je donc l'espérance
Qu'un jour..? non, le bonheur n'est point fait pour Constance;
Mais si ce n'est pas moi que l'Infant doit aimer,
Son cœur pourra du moins apprendre à m'estimer.
Le roi vient; contre vous son ame est prévenue.
Avant de lui parler, cachez-vous à sa vue.
A calmer son courroux je mettrai tous mes soins;
Ne vous éloignez point, Inès; je vous rejoins.

SCÈNE II.

ALPHONSE, CONSTANCE.

CONSTANCE.

Inès va soutenir votre auguste présence;
Jetez sur elle, Alphonse, un regard de clémence.
Mon repos le demande; un supplice odieux
Viendrait blesser toujours ma pensée et mes yeux;
Toujours je me dirais que la peine fatale
Pour mon intérêt seul a frappé ma rivale.
Par cet affreux spectacle êtes-vous donc certain
D'engager votre fils à m'accorder sa main?
Y consentira-t-il? Et si sa complaisance
D'un hymen politique honore un jour Constance
(Quand même dans un cloître, au pied de l'Éternel,

Je n'irais pas former un nœud plus solemnel),
L'entendrai-je, le jour, d'une voix gémissante,
En public, en secret, appeler son amante?
Le verrai-je, la nuit, accablé de regrets,
A son épouse en vain redemandant Inès,
Désoler de ses pleurs sa couche infortunée?
Que par Alphonse Inès ne soit point condamnée.
Accordez-moi sa grace: à ce pardon, seigneur,
Sont liés pour jamais ma gloire et mon honneur.

ALPHONSE.

Est-elle donc pour vous si digne d'indulgence
Cette coupable Inès dont l'audace m'offense,
Brave les lois, ravit un époux à vos vœux,
Lève jusqu'à ce trône un œil ambitieux;
Qui, pour comble d'horreur, engage un fils rebelle
A porter sur mon sceptre une main criminelle?

CONSTANCE.

Elle vous offensa par d'imprudents amours;
Mais de Don Pèdre enfin ils ont sauvé les jours,
Et sont dignes de grace, au moins aux yeux d'un père.
Qui d'ailleurs plus qu'Inès vous aime et vous révère?
Loin d'avoir dans le crime entraîné son époux,
Si son profond respect pour les lois et pour vous
N'eût ramené l'Infant sous votre obéissance,
Elle eût pu se placer hors de votre puissance.
Sauvez, sauvez Inès, Alphonse; que ma voix
Obtienne le pardon....

ALPHONSE.

Je dois suivre les lois.

CONSTANCE.

Par pitié pour mes pleurs accordez-moi sa grace.

ALPHONSE.

En vain...

CONSTANCE, à part.

Cherchons Inès.

SCÈNE III.

ALPHONSE.

Pardonner son audace!
Non. Déja d'une mort que je dus ordonner
Ma voix dicta l'arrêt: ma main va le signer.

SCÈNE IV.

ALPHONSE, INÈS.

INÈS.

Inès est à vos pieds; son crime vous offense:
Vous n'entendrez point d'elle un mot pour sa défense.
Je connaissais vos lois, j'ai mérité la mort,
Et je ne prétends pas me soustraire à mon sort;
Quand je perds mon amant, que m'importe la vie?
Mais ne pourrai-je, avant qu'elle me soit ravie,
Justifier un fils par vous long-temps aimé?
Ce n'est point contre vous que l'Infant s'est armé.

Votre fils, aveuglé par sa tendresse extrême,
A voulu du trépas sauver l'objet qu'il aime;
Et bientôt le remords est entré dans son cœur.
Il gémit : puisse-t-il retrouver le bonheur !
Alphonse, ah, rendez-lui l'amitié de son père.
Si mon roi daigne encore écouter ma prière,
Laissez-moi, laissez-moi disposer de mon sort,
Et vous-même, seigneur, n'ordonnez point ma mort.
Que la reine surtout songe que sa vengeance
D'un cœur triste et souffrant éloignerait Constance.
Sans votre ordre et le sien, je saurai m'immoler.
Que Constance à l'Infant, qu'il faudra consoler,
Pure de tous soupçons, s'offre avec tous ses charmes :
Sa main de votre fils pourra sécher les larmes.
Vous les verrez s'unir par un lien sacré.
Oui : par moi le poison est déja préparé ;
Je vous promets ma mort, et j'en donne des gages.
De ma foi dans vos mains je remets des otages.

SCÈNE V.

ALPHONSE, INÈS, MARIE,

amenant les enfants.

INÈS.

Les voilà !

ALPHONSE, à part.

Qu'ai-je vu !... mais je dois être roi.

INÈS,
voyant la sévérité d'Alphonse.

Allons mourir.

ALPHONSE.

Du ciel ignorez-vous la loi?
Attenter sur ses jours est le plus grand des crimes.
Le prince et vous.....

INÈS.

Prenez encor d'autres victimes;
Frappez, seigneur; par vous condamnés à mourir,
D'eux-mêmes dans vos bras ces enfants vont courir.
Rien ne vous touche! eh bien, si votre main sévère
Frappe à la fois l'époux, et les fils, et la mère,
Qu'au moins Don Pèdre, Inès, et leurs enfants aimés,
Dans le même tombeau soient par vous renfermés!

ALPHONSE.

Alphonse à vos douleurs ne peut être insensible,
Mais, lorsque la loi parle, il doit être inflexible.

INÈS, prête à emmener ses enfants.

Allons, mes chers enfants, vous n'avez plus d'appui,
Vos charmes innocents ne peuvent rien sur lui.
Seigneur, c'est votre sang qui coule dans leurs veines!
avec désespoir.
Qu'on nous traîne aux déserts! si vos larmes sont vaines,
Mes enfants, là, peut-être, à votre aspect si doux,
Les lions attendris auront pitié de vous.

ALPHONSE, à part.

Ton prince, Inès, a dû dicter l'arrêt suprême;

Mais ton juge avant toi voudrait périr lui-même.
Ah! je succombe.

Il se laisse tomber sur un siége.

INÈS.

Et toi, tu me l'as dit en vain,
Ma mère, en cet écrit que m'adressa ta main:
« Ma fille, rends au roi ce billet, que ta mère
« A tracé d'une main qui jadis lui fut chère;
« Je l'écris en mourant: ose le lui donner;
« Alphonse, chère Inès, pourra te pardonner.

ALPHONSE.

Votre mère! est-il vrai? cette digne Isabelle!
De toutes les vertus rare et touchant modèle,
Tu meurs en m'implorant, toi dont la noble voix
Aux devoirs d'un sujet m'a rappelé deux fois!
Ah! si ta voix fidèle, ô femme toujours chère,
Sut jadis rendre Alphonse à l'amour de son père,
Du fond de ton cercueil tes vœux toujours suivis
Vont rendre encore Alphonse à l'amour de son fils.
Viens dans mes bras, Inès!

INÈS.

Elle traverse le théâtre avec ses enfants.

Devancez votre mère,
Mes chers enfants! tombons aux pieds de votre père.

ALPHONSE.

A ton époux, à toi, je veux bien pardonner;
Et ma main va tous deux ici vous couronner.

Je te rends à mon fils. Je vais trouver la reine:
Elle est mère; ah! tâchons de désarmer sa haine.
Tu dois chérir Constance, Inès: son noble cœur
T'aime encore en perdant le trône et le bonheur.
Mes soins pourront de Blanche appaiser la furie.
Adieu, ma fille.

INÈS.

Et toi, prends mes enfants, Marie:
Craignons Blanche; craignons que de son cœur jaloux
Ces timides enfants n'irritent le courroux.

SCÈNE VI.

INÈS.

Elle se jette à genoux.

Je me jette à tes pieds, Dieu, dont la main propice
Vient retirer Inès du fond du précipice,
Lui rendre avec la vie et Don Pèdre et l'honneur.
Permets qu'à Blanche encor je cache mon bonheur:
Et, si tu veux pour nous signaler ta clémence,
Assure pour jamais le bonheur de Constance.
Fais, s'il se peut, qu'Inès envie un jour son sort.

SCÈNE VII.

INÈS, BLANCHE, ALVARÈS.

INÈS *avec effroi.*

Qui vient ici?

BLANCHE.

C'est moi.

INÈS.

Que voulez-vous?

BLANCHE.

Ta mort.

INÈS.

O ciel!

BLANCHE.

Du trône, Inès, tu crois chasser Constance!
Meurs.

INÈS.

Alvarès, d'un air sombre, s'approche d'Inès.

Alvarès! du roi redoutez la vengeance.

BLANCHE.

Tiens, lis; il a dicté l'arrêt de ton trépas.

INÈS.

Mais il a pardonné.

BLANCHE.

Je ne pardonne pas.

INÈS.

Elle s'approche de la coulisse.

Grace! grace!... Don Pèdre est notre roi.

BLANCHE.

Qu'importe?

INÈS.

Mon époux.

BLANCHE, *à part, avec une joie féroce*

Son époux la verra pâle et morte.

A Alvarès. *S'avançant sur Inès qui fuit.*

Allez, entraînez-la... Vous hésitez...! Mon bras...

Alvarès poursuit Inès, et ne tire son poignard qu'au moment où Inès quitte la scène.

INÈS, *hors du théâtre.*

O mes enfants! Je meurs.

BLANCHE.

Tu ne régneras pas!

FIN DU QUATRIÈME ACTE.

ACTE V.

SCÈNE PREMIÈRE.

ALPHONSE, DON PÈDRE.

ALPHONSE.

Dans le palais, mon fils, j'ai cru trouver la reine,
Je l'ai cherchée envain : sans doute de sa peine
Elle veut maintenant éviter les témoins.
Pour consoler son cœur unissons tous nos soins.
Vainement j'étouffais la voix de la nature.
Ce jour qu'avait marqué le plus sinistre augure
Apprend aux souverains que le sang a des droits
Plus forts que les traités, et même que les lois.
Inès est reine; Inès, noble fille d'un père
Qui par l'hymen obtint la nièce de ta mère.
Jouis de ton bonheur. Oui, Constance à l'autel
Va par des nœuds sacrés s'unir à l'Éternel.
Mon fils, cette couronne avec le diadême,
Alphonse te les donne, et va de sa main même
Les placer sur ton front et sur celui d'Inès.

DON PÈDRE.

Comment puis-je payer tant d'amour, de bienfaits!
Ce peuple, ô belle Inès, alors qu'au rang suprême
Tu vas monter, le front orné du diadême,
Doit donc, en tes vertus mettant son juste espoir,
S'enivrer comme moi du plaisir de t'y voir!
Mais ici, disiez-vous, elle dévait m'attendre;
Inès auprès de nous tarde bien à se rendre.

SCÈNE II.

ALPHONSE, DON PÈDRE, CONSTANCE.

CONSTANCE.

Elle n'est point ici, prince? répondez-moi:
Que fait Inès?

DON PÈDRE.

Inès! pourquoi donc tant d'effroi?

CONSTANCE.

Ils m'ont trompée! un mot, un geste, de la reine....,
Tout m'épouvante. (Elle appelle) Inès!..

DON PÈDRE.

D'une terreur soudaine
Vous me glacez. (Il appelle) Inès!..

CONSTANCE, vers la coulisse.

Dieu! des traces de sang!
La voilà!

DON PÈDRE, sortant un peu.

Le poignard est encor dans son flanc!

ALPHONSE.

O mon malheureux fils! ô père déplorable!

CONSTANCE.

Je n'ai pu la sauver!

ALPHONSE.

Quelle main exécrable
A, presque sous mes yeux, commis de tels forfaits?

CONSTANCE.

Que je crains...!

DON PÈDRE, revenant.

Elle est morte!

Don Pèdre, après un moment de silence, s'éloigne de son père et de Constance. Alphonse va du côté où Inès a été tuée.

ALPHONSE.

O malheureuse Inès!
Quel monstre forcené t'a ravi la lumière?

DON PÈDRE, d'une voix sourde.

Votre épouse.

CONSTANCE.

Elle s'est rapprochée de Don Pèdre.

Grand Dieu! que dit-il?

DON PÈDRE, d'une voix sourde.

Votre mère.

Il va du côté d'Inès.

ALPHONSE, à Constance et aux gardes.

Par pitié pour mon fils, éloignez de ses yeux
Ce corps sanglant...

DON PÈDRE, *un peu égaré.*

Mon père!... eh pourquoi?... dans quels lieux?
Non, non. Vivant ou mort, c'est mon bien, c'est ma vie.
Je ne souffrirai point qu'Inès me soit ravie.

ALPHONSE.

Quoi, mon fils!

DON PÈDRE.

Près d'Inès je dois encor rester.
Pour punir l'assassin je veux la consulter.

SCÈNE III.

ALPHONSE.

Infortuné! Mais, ciel, quel crime! Est-ce ma haine
Que l'on a cru servir ou celle de la reine?
Exécuter l'arrêt que je n'ai point signé!
Les cruels! Ils ont su que j'avais pardonné.
Qui peut à leur forfait égaler les supplices?
Quel que soit l'assassin, quels que soient les complices,
Nul ne sera sauvé. Qui vient ici?

SCÈNE IV.

ALPHONSE, CASTRO.

CASTRO.

Seigneur,
Justice! Punissez l'assassin de ma sœur.

ALPHONSE.

Qui ?

CASTRO.

L'indigne Alvarès. Vengez notre famille.
J'ai couru chez le traître; et pour fuir en Castille
Déja ses soins prudents avaient tout disposé.
Le peuple à son départ, seigneur, s'est opposé.

ALPHONSE.

Lui!... Du crime avec soin cherchons tous les indices;
Quels en sont les temoins, quels en sont les complices;
Mon intérêt, le vôtre, et celui de l'État
Veut que tous les auteurs d'un pareil attentat
Soient connus, soient jugés, et subissent leur peine.
Le crime est sans pardon, votre sœur était reine.
Je l'atteste. Oui, Castro, quel que soit l'assassin,
Sur sa reine, en effet, il a porté sa main.
D'un poignard sacrilège il m'eût frappé moi-même.

SCÈNE V.

ALPHONSE, DON PÈDRE, CASTRO.

DON PÈDRE, *à lui-même.*

Quel œil fixe et glacé! quelle pâleur extrême!
Dieu!... Mais les assassins pâliront à leur tour:
Inès!.... Pour les juger, règne du moins un jour.

ALPHONSE.

Que dit-il?

s'approchant de Don Pèdre.

Quelles mains ont frappé la victime,
Mon fils? parle.

DON PÈDRE.

Une reine, ourdir un pareil crime!

ALPHONSE.

Une reine! quoi donc, mon épouse!

DON PÈDRE.

Oui, seigneur:
Et l'infame Alvarès a servi sa fureur.
Il a pu sans pitié, sans frémir d'épouvante,
Sur celle que j'aimais porter sa main sanglante!
Quel père, quel époux, à ce point outragé,
N'élèverait la voix, et ne serait vengé,
Fût-il pauvre, inconnu, vil fardeau de la terre?

ALPHONSE.

Mon fils, si je régnais!

DON PÈDRE.

Moi, je règne, mon père.
Inès du haut du trône où vous deviez l'asseoir,
Va condamner le crime, et remplir son devoir.

ALPHONSE.

Que dis-tu, mon cher fils? quel trouble affreux t'égare?
Inès n'est plus, hélas!

DON PÈDRE.

Non; mais quel œil barbare
La verrait sans pleurer, sans haïr leur fureur?
Inès excitera la pitié, la terreur.

ALPHONSE.

Don Pèdre, calmez-vous. Que la raison vous guide.

DON PÈDRE.

La raison! elle seule à mon dessein préside;
Je suis calme, seigneur : je sais qu'un sage roi
Doit, quel que soit le rang, juger suivant la loi.
La présence d'Inès est juste et légitime.
La Mort se lèvera pour accuser le crime.
Par un forfait, du trône ils ont cru te priver,
Inès! mais ce forfait va du moins t'élever
A d'insignes honneurs qui vivront d'âge en âge.
Les grands vont à tes pieds déposer leur hommage.
Oui, le feu des rubis, l'éclat des diamants
Relèveront d'Inès les pompeux vêtements;
Du brillant diadême elle ornera sa tête :
De son couronnement va commencer la fête.
Inès fera parler la justice et la loi.

A son père, en pleurant.

Elle devait s'asseoir et régner avec moi
Au trône où m'a placé votre main paternelle;
Moi, je m'y veux asseoir et régner avec elle.....
Ils reverront l'objet qu'ils ont tant dédaigné :
Et lorsque sur la terre Inès aura régné,
Elle prendra sa place en ces demeures sombres
Où des rois nos ayeux dorment en paix les ombres.
Toi, ne perds point de temps : comme il est arrêté,
Que par tes soins, ami, tout soit exécuté.

Va prendre au cœur d'Inès le poignard du coupable....
Attends.... Que par ta main posé sur une table
En secret ce poignard d'un voile soit couvert...
Va, Castro.

SCÈNE VI.

ALPHONSE, DON PÈDRE.

ALPHONSE.

Cher Don Pèdre, écoute. J'ai souffert
Qu'en ses premiers transports s'exhalât ta vengeance :
Mais ne peux-tu, mon fils, connaître l'indulgence
Pour celle que ton père honora de sa foi ;
Qui sur ce trône auguste a régné près de moi ?

DON PÈDRE.

Si sa main sanguinaire a commis ce grand crime,
Rien ne doit la sauver ; sa mort est légitime.

ALPHONSE.

Sous les yeux de ton père ! ah, de mes derniers jours
Pourras-tu sans respect empoisonner le cours ?

DON PÈDRE.

J'ai promis, j'ai juré d'observer la justice.

ALPHONSE.

Pour la dernière fois que mon fils m'obéisse.

DON PÈDRE.

Mon père tous les jours me combla de bienfaits ;

Il se jette dans les bras d'Alphonse.

Et son noble pardon s'étendit sur Inès :

Quel fils n'imiterait l'exemple d'un tel père?
Votre épouse d'ailleurs de Constance est la mère.
Mais, avec Alvarès il faut l'interroger;
Les entendre tous deux, et tous deux les juger.
Rentrez; votre douleur, le poids des maux, de l'âge,
Pourraient, à ce moment, briser votre courage;
Moi-même, pour juger ce procès solennel,
J'ai besoin de ma force et des secours du ciel.
Laissez-moi seul remplir ma triste destinée;
Je dois achever seul cette horrible journée.

ALPHONSE.

J'ai trop vécu, mon fils! J'accepte ici ta foi.
Mais il faut que l'État reconnaisse son roi.
Gardes, approchez-vous!

Les gardes se rangent au fond du théâtre; et un page apporte la couronne.

Que ma main te résigne
De mon autorité le véritable signe.

Il lui place la couronne sur la tête.

Reçois des mains d'un père un si funeste honneur.
Monte au trône des rois; et de notre bonheur,
Que d'un œil envieux tout un peuple contemple,
Donne par ta tristesse un mémorable exemple.

Alphonse sort, suivi d'une partie des gardes; le reste se retire.

SCÈNE VII.

DON PÈDRE, *couronné.*

C'est là que sous leurs coups Inès vient de périr!
Les monstres! ses vertus n'ont pu les attendrir!....
Et moi, j'épargnerais cette femme cruelle!
Ah! le sang d'Alvarès rejaillira sur elle.
Que dis-je! un souverain doit respecter la loi.
Quoi! Blanche impunément paraîtrait devant moi!
Quoi! pour exterminer deux horribles complices,
Les bourreaux ne vont pas inventer des supplices!
Traîtres, je goûterai ce féroce plaisir.
Aux yeux du peuple entier mes mains vont vous saisir,
Vont vous percer le cœur, et de sang dégouttantes
L'arracher, par lambeaux, de vos chairs palpitantes.

SCÈNE VIII.

DON PÈDRE, CONSTANCE.

CONSTANCE, *à part.*

Il ne se connaît plus! J'implore ton appui:
Entends-moi, Dieu clément! que ma voix aujourd'hui
Attendrisse don Pèdre en faveur de ma mère.

DON PÈDRE.

Qui? Blanche! cette femme atroce, sanguinaire!

CONSTANCE.

Hélas! puis-je oublier que je lui dois le jour,
Moi, qui n'en ai reçu que des marques d'amour?

DON PÈDRE, regardant Constance.

Sa touchante douleur modère ma furie.

CONSTANCE.

Prince....

DON PÈDRE.

Avec quelle rage et quelle barbarie
Ils l'ont frappée!... Inès, sous le couteau mortel,
Appelait ses enfants, son époux et le ciel.
Le ciel!.... Ah! dans ses yeux fais rentrer la lumière;
De ce cœur qui m'aima réveille la poussière,
Grand Dieu! toi, dont la Mort reconnaît le pouvoir,
Rends-moi ma chère Inès!... Mais, je crois la revoir!...
Inès!... Quelle puissance à mes bras t'a ravie?
Tu m'appartiens!... Je vais, pour ranimer ta vie,
De mes baisers brûlants couvrir ton sein glacé;
Et laver de mes pleurs le sang qu'il a versé.

CONSTANCE.

Combien il souffre, hélas!

DON PÈDRE.

Oui, ma douleur amère
Satisferait, je crois, l'ame de votre mère.
Mais le ciel dans leur crime a su les aveugler;
Leurs bras avec Inès auraient dû m'immoler.

CONSTANCE.

Cher prince...

DON PÈDRE.

On vient.

CONSTANCE.

Les grands. Ah! devant eux s'avance...

DON PÈDRE.

Blanche, Alvarès. Voici l'instant de la vengeance.

CONSTANCE.

Vos traits, votre figure annoncent le courroux.
Égaré, sombre, pâle... Ah! que méditez-vous?

Elle voit Blanche entrer :

Ma mère...! Elle a besoin, seigneur, de ma présence.
Je vais...

DON PÈDRE.

Non : demeurez. Du calme; du silence.

SCÈNE IX.

DON PÈDRE, CONSTANCE, BLANCHE, ALVARÈS, CASTRO, GRANDS, MAGISTRATS.

DON PÈDRE, à Castro.

A-t-on suivi mon ordre?

CASTRO.

Oui, seigneur.

DON PÈDRE.

Alvarès,
Est-ce vous dont le fer frappa le sein d'Inès?

ALVARÈS.

Non, prince.

DON PÈDRE.

Pourquoi fuir, si vous n'étiez coupable?

ALVARÈS.

Dans les cours, le soupçon est toujours redoutable:
Je le prévenais.

DON PÈDRE.

Blanche!

BLANCHE.

Eh quoi! m'interroger!
Mon époux, le roi seul, a droit de me juger;
Lui seul, prince. Avec vous où serait mon refuge?

DON PÈDRE.

Vous voyez votre roi; vous voyez votre juge.
Ce meurtre a-t-il été commis en votre nom,
Blanche? est-ce par votre ordre?

Elle hésite.

Il faut répondre!

BLANCHE.

Non:
Je ne daignerai pas......

DON PÈDRE.

Votre roi, votre reine
Vont ici vous juger.

BLANCHE, *à part.*

Où l'égare sa haine!

Haut.

Moi, l'épouse d'Alphonse! un affront si cruel!

DON PÈDRE *à un des grands seigneurs.*

Lopez, conduisez Blanche auprès du trône.

Blanche, conduite par Lopez, s'approche du fond du théâtre.

SCÈNE X.

Le fond du théâtre s'ouvre. On voit Inès pâle, assise sur le trône, et la couronne sur la tête. Près d'Inès est un trône pour Don Pèdre. Tous les ordres de l'État, le peuple, sont à droite et à gauche.

BLANCHE.

Ciel!
Un spectre sur mon trône! A son front, ma couronne!

DON PÈDRE, saisi de douleur, sur le devant de la scène.

Castro, soutiens mes pas: ma force m'abandonne.
Près d'Inès, que mes yeux n'osent plus regarder,
Le trône m'attend; viens: je ne dois plus tarder...
Quelle force invisible en cet instant m'arrête?
Mes cheveux hérissés se dressent sur ma tête!
Mais quoi! de ma raison éteignant le flambeau,
Ma faiblesse offre au crime un triomphe nouveau,
Et peut au châtiment soustraire un couple infâme:
Marchons. Ce seul penser rend la force à mon ame.

Constance veut suivre Don Pèdre qui la rassure un peu.

Vous, Constance, restez.

Avant de monter la dernière marche du trône.

Dieu du ciel! soutiens-moi.

Debout, prêt à s'asseoir.

Castro, placez ici le livre de la loi!

Don Pèdre s'assied sur le trône, près de celui d'Inès.

Peuple, on vient de commettre un forfait exécrable;
Et la loi va punir, quel que soit le coupable.

CASTRO.

Alvarès d'un poignard vient de frapper ma sœur;
Je l'accuse.

DON PÈDRE, à Alvarès.

Est-ce vous? répondez.

ALVARÈS.

Non, seigneur.
On ose m'accuser! j'aurais commis ce crime!

DON PÈDRE.

Alvarès, sans frémir, regardez la victime.

BLANCHE à part.

Que va-t-il dire?

CASTRO montrant le lieu où Inès a été tuée.

Ici votre main l'immola.

ALVARÈS troublé.

Qui le prouve, quel est le témoin?

CASTRO dévoilant et montrant le poignard d'Alvarès.

Le voilà.

ALVARÈS montrant Inès.

Oui..... Ce spectre sanglant me dicte ma sentence.

DON PÈDRE.

Vous, Blanche, aux pieds d'Inès jurez votre innocence.

BLANCHE. Elle se lève et retombe sur son siége.

Je succombe.

DON PÈDRE se levant, et tirant son glaive sur lequel il s'appuie. A Castro.

Lisez la loi.

CASTRO tenant le livre.

« Tout meurtrier,
« Quel qu'il soit, doit mourir. Le sang doit s'expier.
« Tout conseiller du meurtre est aussi punissable;
« Il mourra, si le roi ne pardonne au coupable. »

DON PÈDRE.

Cet arrêt, Alvarès, vous l'avez entendu!

BLANCHE.

Dieu!

DON PÈDRE.

Que du meurtrier le sang soit répandu.
Le fer doit d'Alvarès déchirer les entrailles;
Le feu, brûler son corps privé de funérailles:
Jetez sa cendre aux vents.

On entraîne Alvarès.

CONSTANCE.

Ciel!

DON PÈDRE.

Et vous, Blanche, vous!
Sortez. Allez paraître aux yeux de votre époux.
Oui, quoique votre front ait porté la couronne,
Le roi vous condamne, mais Inès vous pardonne.

FIN DE LA TRAGÉDIE.

J'ai des remercîments à faire aux artistes du Second théâtre français, qui ont rivalisé de zèle pour faire valoir ma tragédie; mais j'en dois de particuliers à M. David, qui s'est chargé du rôle de Don Pèdre, et par un jeu souvent vrai, naturel, profond même, a laissé quelquefois, au jugement des littérateurs les plus distingués, entrevoir le successeur du grand tragédien, l'honneur et l'appui du Premier théâtre français.

Variantes, pour le Théâtre.

Acte II, page 21, vers 15.

Si l'avis des états conspire avec mes droits.

Page 25, vers 10.

Nous unit l'un et l'autre; et sa voix révérée.....

Acte III, page 43, vers 2.

Un pontife...

ALPHONSE.

Et qui peut braver son saint pouvoir?

DON PÈDRE.

Un roi chéri du peuple, et vous l'avez fait voir.

Même page, vers 20 et suiv.

Les quatre vers que je vais citer n'ont pas été dits

au théâtre; ils sont nécessaires à la suite du raisonnement:

Le pouvoir d'un monarque est-il donc arbitraire,
Prince? un roi qui traînant ses sujets à la guerre,
Fait répandre leur sang, non pour eux mais pour soi,
Est l'ennemi d'un peuple, et n'en est pas le roi.

Quand je les composai, je craignais qu'on n'en fît une application trop juste à Bonaparte, et je les aurais peut-être supprimés, uniquement parce que cet homme était alors malheureux. Les circonstances qui, lorsque ma tragédie a été représentée, pouvaient faire craindre une fausse application de ces vers à une autre guerre, sont aujourd'hui tellement changées, que le prince, qui a triomphé si facilement, ne défendrait pas qu'ils fussent dits au théâtre.

FIN.

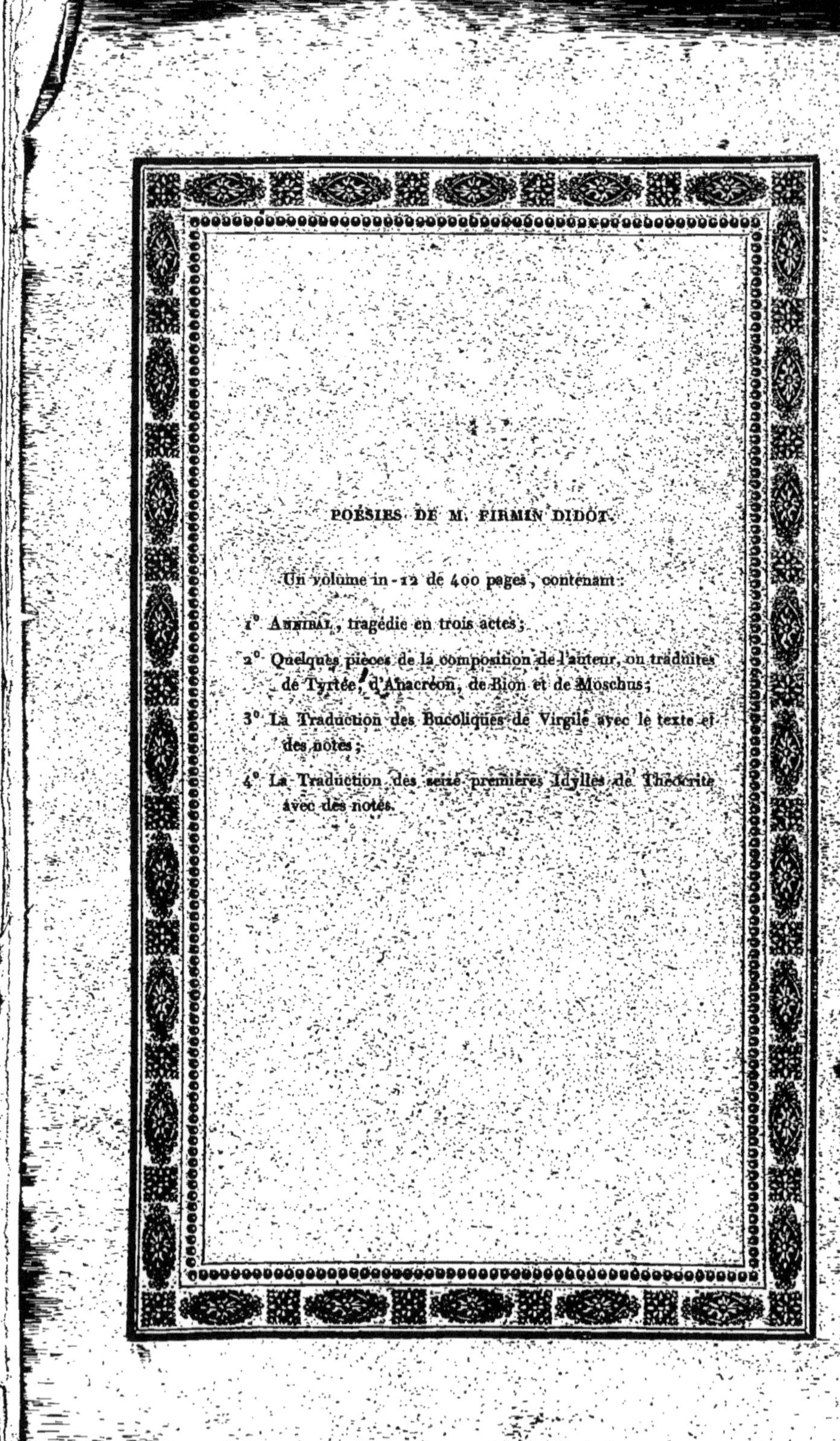

POÉSIES DE M. FIRMIN DIDOT.

Un volume in-12 de 400 pages, contenant:

1° Annibal, tragédie en trois actes;

2° Quelques pièces de la composition de l'auteur, ou traduites de Tyrtée, d'Anacréon, de Bion et de Moschus;

3° La Traduction des Bucoliques de Virgile avec le texte et des notes;

4° La Traduction des seize premières Idylles de Théocrite avec des notes.

www.ingramcontent.com/pod-product-compliance
Ingram Content Group UK Ltd.
Pitfield, Milton Keynes, MK11 3LW, UK
UKHW022119190726
13855UKWH00003B/944